U0481551

浙江文叢

錢陳群全集

〔第二册〕

〔清〕錢陳群 著
張 猛 點校

浙江古籍出版社

香樹齋詩集卷十一

春帖子詞

觀象三辰正，勤農萬彙昌。綵幡風乍罥，愛日影方長。

太平臘鼓動春雷，花信連宵次第催。丑是歲辰逢正色，土牛今見順時來。

彤墀蓂草抽三莢，瑞紀天官第一巡。白獸樽前齊上壽，蒼龍旗外又迎春。

乙丑元旦詣翰林院謁至聖祠次延清總憲韻

斯文有專寄，廟貌崇兩府。翰、詹兩署，並得立祠。象樽薦黄流，金鋪啟丹户。祏分配哲賢，禮略東西廡。圖書之窟宅，才彦此萃聚。陰森樹木深，剥落碑版古。毓秀百年來，時時見化雨。我皇統緒承，昭格神所主。文杏斵楝欂，采艧焕楹宇。落成枉車駕，燕鎬紀盛舉。自慙駑鈍姿，敢與臯夔侣。願持一寸心，陪祀千秋俎。華國在匡時，穆然企治譜。

退齋少宰招觀方南藩伯抱孫都轉奕以齋禁未與代柬走謝並訂後期

小會朝來折簡新，誰家賭墅苦留賓。莫將一着争先後，要以全槃論屈伸。勞動多情天上客，殷勤傳語橘中人。好憑赤腳攜雙鯉，更約燈前共漉巾。

恭和御製新春試筆元韻

莎畦七種露新芽，下直人歸賦雪車。秘閣祥煙浮柏葉，晴階淑氣上梅花。詩成禁籞飄瓊屑，幡轉回廊映綵霞。一簇茶歌闐巷陌，太平秧馬又喧譁。

恭和御製新月元韻

影傍纖阿欲引繩，春宵坐待已如應。斜侵簾額光初入，遠映柳梢清不勝。天際二分聯北斗，雲端一搯砑南綾，何人琢出銀鉤樣，好掛鰲山萬琖燈。

試燈夜同人集雙樹軒酒後踏燈分得金字池字

春宵多不速，小會況招尋。酒薄來千里，盧抱孫餉家製酒。廚荒愧一金。共諧無俗韻，聊以愜清襟。瀟灑成佳節，何曾藉眺臨。

乘興欲何往，銅街小步時。風高飄法曲，月冷浸瑶池。老謝隨車約，閑緍聽鏡詞。徵歡知不少，誰識此心期。

題同年盧抱孫刺史出塞圖

寶劍不識玉鐵堅，壯士不識從軍惡。入關尚載出關圖，微意分明寄所託。驅馬陰山陰，飲馬長城窟。風吹草茫茫，鴈叫天漠漠。秋笳數聲來，平沙列萬幕。此時顧恩不顧身，渴飲葡萄飢飲酪。歸來卧治擁專城，灤水明霞映秋閣。平原麥秀野花深，此景亦差不寂寞。嗚呼！款段馬，下澤車，人生何必騁雄略。狄山乘障尚不能，豈有功名比衛霍。一窺邊塞亦偶然，但覺詩篇驚磊落。慷慨爲君題此圖，仰天大笑寒雲薄。

退齋少宰歸陽城後代柬寄懷

到日黄梅雨及時，南陔草木自含滋。九重教孝恩無極，三復親裁華黍詩。
山城如斗翠雲堆，盡日車輪轉百回。不羡横山顧居士，侍郎今築讀書臺。
堂堂别我去如春，握手臨岐語最真。衰朽未歸應有待，會當重見黑頭人。

次韻景菴冏卿齋宿即事

闌藥翻堦照眼紅，遠雲釀雨鎖空濛。乳鴉叢薄試新語，細馬城壕鳴晚風。聱御昔年慚罔正，寅清此日凛當躬。舊題詩處尋鴻爪，回首重樓似夢中。

題沈敬亭同年虚直圖

年來佐秋官，遮眼堆案牘。況當溽暑蒸，揮汗驅三伏。展君虚直圖，豁然暢心目。托意在林石，静對數竿竹。看書風自翻，候火茶正熟。坐令塵垢蠲，即此媚幽獨。

題蘇武牧羝圖

鶺毛亂點雪片麄，射人朔風金僕姑。官屬别置絶叫呼，悲哉子卿爲人俘。受羊三百司牧事，鞭就水草草則枯。八尺之節六尺軀，嚙氊不死真壯夫。地用既無生角馬，飛者更無頭白烏。羝不乳兮不可圖，野鼠作食延須臾。於軒愛弟新單于，小隊自領千龍駒，明朝會獵其來乎？

題介學士野園圖用東坡詩韻

君家平泉地，親切依蓬萊。往時春散直，步屧時一回。亭榭有古意，竹石無纖埃。清風掃幽徑，鎮日園門開。西嶺初出沐，蒼翠雲濤堆。展圖東咫尺，遠勢亦佳哉。對兹懷昔遊，題詩聊一杯。還與主人約，有興當重來。

題　畫

江南三月東風吹，春山深處無人知。塢連水複雲影澹，天光晻藹飛游絲。雨晴到處啼鳩婦，聲聲閒桃復閒柳。居人都赴鄰社約，門外闃然静雞狗。狂蜂舞蝶争喧譁，各各亦自營其家。記得朱陳村裏路，抱村流水板橋斜。

晴嵐閣學奉敕作五君子圖御製七言古風賜之恭和元韻

禦攘冰雪完精神，扶輿醞藉得本性。争春凡卉不見容，不容末耳庸何病。聖人真賞契後凋，類聚標名寄清興。譬如貞觀慶曆間，房杜姚宋魏潞鄭。左縈右帶若挽推，分投林立同季孟。臣靄奉敕爲斯圖，鉛華洗盡貌端正。樹耶人耶德操同，庶幾於此觀爲政。

題晴嵐所畫墨水仙次延清韻

梅花發嶺上，蘭葉披江干。況此淩波質，肯受塵俗攀。年輩揖仙子，奴隸斥山菅。遺世方信潔，獨賞始見難。墨痕孕尺素，自餘冰雪寒。不石復不水，相對陳古歡。

題鍊雪銀臺爲謹堂大司寇畫墨梅小景

小鳥來東海，國香發南枝。臭味有相契，招尋亦何爲。高棲任所擇，毛羽冰雪姿。君子抱本性，如與嘉樹期。遠回雲壑夢，要使几席隨。笛中吹未落，帳裏開正遲。清標森玉立，淑氣消寒威。餘事付鼎鼐，倚作和羹資。

恭題御畫盤山橘樹

洞庭秋正深，千奴傍江碧。何期瀟湘姿，飽着田盤色。名異味不殊，氣王地偏得。宸遊一賞之，細霧生几席。放筆傳其神，灑此萬杵墨。磊砢核可懷，寒翠露如滴。臣本漆林材，托根在南國。嘉樹得敬覩，臭味感相識。詩成退食餘，沁齒流香液。

長至前二日陪謹堂尚書齋宿白雲亭枕上偶成

斜陽鴉背上重城，喜近衣香接履聲。秋署平反期慎恤，容臺先後凛寅清。余時兼攝春官，尚書曾居是職。夜寒潑水疑三白，曉直因風數六更。萬乘明朝躬祀典，天門南望左街平。

陪懿齋延清兩總憲東長少宗伯齋宿仁壽寺前韻和延清作

朝隨豹尾出嚴城，又聽新移禁漏聲。星聚爲聯鴛侶近，院深如對玉堂清。西臺領袖尊雙璧，東攝人倫重五更。笑我憨癡似頑石，一鞭何日下初平。

虞山相國官少宗伯時畫歲寒三友圖懸於後堂並題長律群攝容臺次韻題後以志墨寶永爲春官佳話也

碧紗籠處墨光濃，三友曾承長養風。勢挾煙雲尊禮闈，根依禁近荷天公。韋平世德傳朝右，龔隗前因證畫中。門下同官逾二紀，敢將腳跡步宗工。

謹堂尚書疊白雲亭韻見寄奉答一首

價重新詩抵十城，嚶鳴好鳥有先聲。松承柏悦交偏久，月映星寒氣自清。丹筆老隨青瑣侶，華顛春直建章更。朝端鄭潞精勤著，玉佩侵宵應協平。

春祈龍神廟得雨偕晴崖大京兆行報祀禮用王荆公西太一祠韻

侵曉風旂旖旎，迎暄緑草清酣。萬井歡傳雨足，重來報祀城南。
衡宇望君巷北，鳴騶遲我街西。歸路籃輿小憩，舊遊亭榭多迷。

題元圃圖册子次清漣學士韻

萬丈墉城暖欲煙，好將元圃問藍田。低頭仙子乞雙璧，唤取新豐酒十千。
紺乳霏霏海外山，吠人雙犬正清閑。果然種玉皆成玉，争似思魚便得鰥。
紅樹蒼苔隱畫廊，珊珊清珮截鵝舫。夜深聽罷雲和瑟，還倚朱欄上八琅。

題任香谷大宗伯曝書圖

賜書萬卷足清娱，履迹衣香入畫圖。第二泉邊風月在，旁人錯比小長蘆。
禁近争傳典册文，容臺禮樂接絪緼。閑將國瑞徵家慶，兩見當頭五色雲。
雙鶴相隨致不孤，春衫隨意掛松株。有時一笑穿雲去，小立呼兒當杖扶。
新種藥苗低結子，舊分蘭畹又添孫。他年典禮修存問，束帛蒲輪會到門。

沈孝子詩

祝融大威力，敚我孝子速。孝子居母憂，日夜繐帷哭。有客携鏡具，楮帛陳一束。既奠告焚帛，火光白日燭。有風來旋之，其烈不可撲。孝子當母棺，顛仆就地伏。鮮民生不逢，請厭祝融欲。子身無完膚，母棺免回禄。誰知焦爛餘，爲禍亦孔酷。長嘆歸黄壚，身百其莫贖。人生本倮蟲，母負而出鷇。三年始免懷，辭乳逐飲啄。異形而同根，離裏爲骨肉。嗚呼今之人，各自保軀髑。蹈火救母棺，厥事真使獨。作詩付史官，庶以儆食粟。

人日病起走筆示汝恭兼與汝誠兄弟讀之各賦見志

汝生角方總，即許後汝叔。汝叔吾親弟，憐汝如抱犢。携汝官豫章，行日記初卜。别我於公廨，盛暑止信宿。扁舟便南指，帆影逐野鶩。官舍依五年，日飽花猪肉。每得汝寄言，親切誼所篤。上言依戀私，下言受鞠育。我雖案牘繁，展之必終讀。至性披示間，嫌汝少卷軸。施教必耳提，一紙豈能告。昨者計車來，歲除卸裝束。弟喜爲見兄，辛苦慰家督。汝隨汝叔後，已着成人服。一堂跪拜歡，起立氍毹簇。骨肉會面難，對之各省録。兒曹那得知，謂是等菽粟。及時不自勵，稂莠敗嘉穀。明當延良師，樹栅理家塾。待我病愈後，蘸筆榜條目。寸陰苟棄擲，千金難再贖。我今成衰翁，我弟老吏局。惟餘兩鬢絲，一見一回秃。

上元後一日下直閉門懷人時季弟曉村除歸州未赴從姪埜堂觀察居鹽官程氏女馮氏妹聞來敝居度歲舅氏山鶴信至云兩子頗見頭角兼録百燈詩見示一官匏繫親串跡疎喟然長嘆間適謹堂尚書從賜園中寄新詩一紙云正月十四夜園居讀蘇詩上元過祥符僧房七絶有一室清風冷欲冰之句因用其韻成七律五首兼寄凝之粤中宇秀家鄉余讀之不覺感觸遂依韻仿體分寄所懷詩成并呈尚書一覽知志各有適而波瀾莫二云

一室清風冷欲冰，誰家庭院賽華燈。遠懷五十平頭客，宦味真同行腳僧。竹馬早聞迎幼穉，檣烏猶復滯親朋。關心兩地愁難遣，辟穀仙方竟未能。

三杯新釀淡於水，一室清風冷欲冰。白髮添多留冉冉，青春來早去騰騰。偶嘗鄉味兒攜榼，爲看家書自剪燈。適得埜堂臘月十六日所寄信。萬里同官存問疊，翹翹車乘有良朋。同日得黔中、當塗諸信，俱以埜堂家居爲念。

誰倚高樓最上層，啼殘紅淚掩青燈。當檐素萼神逾雪，一室清風冷欲冰。弱女久爲無侶雁，衰翁暫作放參僧。封篆後，得散直者數日。每逢令序多棖觸，老戀桑榆意轉增。

十年前記月華升，群從多來和踏燈。戊午上元，白海、坤一、受之、黄與諸子集荒齋，賦《踏燈詩》，馮氏妹夫婦與焉。笑我蹣跚猶寡暇，憐伊辛苦爲多能。小屏低語圍初解，一室清風冷欲冰。自有選人催上注，公卿知己覓張憑。

聞説經冬雪滿塍，鄉園歲稔兆先徵。丹山最愛雙雛鳳，樂府新翻百琖燈。舅氏曾寄《百燈詩》索和。豈少潛修標獨行，早看逸足競騫騰。須知頭白何甥在，一室清風冷欲冰。

花朝前一日謹堂大司寇約同詣南苑直用退之寒食日出遊韻

入春三日我始病，病起尋春春未盛。昨夜趁直舊紅門，東指行宫燈火映。林外隱隱路可通，風狂要與臺人競。吾衰浹月棄紙筆，欲傳此致未成詠。須臾群公啟事來，一聲春漏銅壺正。退食歸來倦且眠，屈指輪直明當更。尚書憐我少童僕，爲遣長鬚急將命。曰請先導備南車，絶勝宵征看斗柄。先生古道夙所崇，先生匪懈吾所敬。曩時曾與鮑叔遊，才識奚啻霄壤敻。今也病肺老文園，三杯引睡中賢聖。憂來妻孥不得窺，抱膝獨坐日夜併。明明可掇見至理，闇闇中慙愜本性。弱鱗衝波氣轉怯，瘦鶴當空意徒横。未逢寒食走郊外，春心非草亦稍迸。誰規百里現陸海，繚垣匝地平於鏡。從畋有詔不合圍，苑禽囿獸被寬政。柳條凝煙過眼新，蘆芽穿泥觸手勁。可知萬物本奢華，天地無心隨使令。

主恒弟挈四兒出都愚堂馮妹丈及家受之兩孝廉皆同行是日遣汝誠汝恭汝慤三子送至長新店余退食蕭齋與老妻對坐口號二絶句

送行人去當春遊，親串團欒第一郵。今夜蘆溝橋上月，只知歡喜不知愁。

那能成佛盡情抛，叉手閑尋舊笑呶。絶似衆雛新試羽，老鴉無語坐空巢。

送朱玉階編修省親歸里

秘閣早傳三禮賦，藝林争誦九言詩。駕幸翰林院，玉階作九言詩，頗爲京都傳誦。暫違磚影寧親去，正是家園櫻笋時。行篋光輝有賜衣，詞臣得假謁兹闈。計程却似隨陽鳥，纔向南飛又北飛。

因君歸去動鄉愁，遮眼官文那便休。倘見阿咸勞問訊，時從姪朝采自貴筑歸里。爲言癡叔雪盈頭。

德星聚以星字爲韻

惟天攸好德，如月自從星。分野聯秦豫，荀陳接尹邢。巖生箕可晦，甫降嶽分靈。慚長非空説，爲龍寧久停。象垂五百里，道協一千齡。正色瞻珠貫，同文比玉亭。光華雖在野，發越必於廷。筮易觀升萃，誰能託渺冥。

薌林尚書齋中藤花盛開集同人小飲得堂字

天邊朗氣到書堂，花事清和占早芳。散直客來成不速，知時雨過發真香。佛衣亂綴千瓔珞，仙佩低垂萬紫囊。既醉餘情未歸去，倚藤小坐當胡牀。

恭和御製出古北口元韻

蠮螉左折限燕遼，一線天門矗半霄。遠勢晴添蒼隼健，輕程秋與紫駝驕。千盤迴互山容净，十館更番士氣調。《遼史》：自古北口東北，迤邐七百里内，凡列館十。扶杖闔民低笑語，共傳日穎類神堯。

出塞行次景菴侍讀韻

輕馱不律牛馬走，爾公爾侯何赳赳。文武並重古所云，王者以之得長久。自從出塞陟高岡，仰視直可捫參斗。番部如雲詣行在，一呼百應誰掣肘。北極青海西流沙，天仗所指即隴首。四朝相繼百年中，萬里惟憑一吏守。歲時貢道馳駱駝，如水赴壑入諸口。古北、張家、殺虎諸口，皆番部貢道也。天邊見山不見樹，空傳三疊歌楊柳。穹廬坳停日千堆，各有畜牧富相醜。番僧桃帽黄氍毹，路旁膜拜合兩手。對面不能通一言，始知蘇李爲朋友。兩月數飽左膘羞，九日又賜天厨酒。跪陳胡舞斥不御，肯以簫韶雜瓦缶。迎鑾明日來千官，車前喜見關中叟。

墖子頭

有土起川坳，我車礙行轍。秋草覆鬖髿，盈尺成小凸。呼童欲芟之，中有寒泉咽。或云凝碧燐，風雨不可滅。或云古戰場，蝕此壯士血。不然酬恩私，魏顆之所結。竈火冷千年，嵌空留鼠穴。我行不數步，一步復一跌。問訊進山民，欲告口已吶。太平百年來，往事無人説。

羊腸河

山削通鳥道，流細名羊腸。厥廣許徑尺，入地一丈强。巨靈之所擘，一葉或可航。渴驥不敢飲，低首涎其旁。時見猛虎渡，瞪眼毛孔張。倘遭一蹶陷，其險不可當。行擬發千夫，塞以萬土囊。厥功且不易，願力付渺茫。因嘆填海鳥，銜石徒爾忙。

恭和御製多倫諾爾元韻

會獮來藩部，宸懷憶昔時。阮侵無善策，密遏有皇師。蕞爾先銜璧，崇朝遂偃旗。土田仍錫號，番藏盡刊碑。黄教經繙貝，丹忱貢織皮。永垂喬木蔭，長附女蘿絲。述德瞻天筆，同仁沛大慈。塞垣諸父老，莫作等閑窺。

恭和御製上都懷古元韻

左帶灤河右拂遼，上京景物幾沉銷。槍竿草白鴻聲度，碣石風高蜃氣消。毳帳屠蘇催夜宴，教坊法曲奏春朝。即今四海爲家日，偶一登臨詠緯蕭。

次和介景菴侍講秋日塞上雜詩十首

雁

羃䍦冷於水，一聲枕外流。何期南浦雁，偏耐塞垣秋。與客誰先到，將書寧久留。授衣憐少婦，待爾慰邊愁。

月

淒絶關山月，安知幾歲年。自明將晚候，相對未歸前。被冷光如雪，山高起似煙。有時成獨酌，不覺意悠然。

草

連山千里碧，冉冉上征衣。鹿過香塵軟，蟲鳴露氣微。胡兒眠更穩，塞馬嚼偏肥。昨夜霜初染，皇程及早歸。

花

名漏嵇含譜，秋花色最奇。爛開氊帳外，亂插膽瓶宜。自抱洵芳質，真成獨賞時。呼童多採擷，移種補疎籬。

蟲

絡緯催刀尺，哀鳴秋樹根。飛飛閑白晝，唧唧近黄昏。揮去連燈黑，撲來似雨繁。邊愁容易感，爲爾一銷魂。

雲

塞雲不自守，變態極秋天。勢湧千群馬，陰低萬竈煙。雨來山不斷，晴日草猶聯。畢竟無心物，隨風落半巔。

山

誰將幾拳石，終古令人迷。羅列天邊遠，排空馬首齊。陰晴多變幻，秦漢有輪蹄。對面偶然事，扶笻可一躋。

水

大小雙遼水，灣環到此微。汲烹沉貢茗，問渡濕征衣。飲馬無胡騎，經秋照夕暉。垂竿餘興在，那有釣魚磯。

樹

歷歷關外樹，悠悠行役心。有時遮路斷，無處不陰深。帶雨濕征旆，連雲失遠岑。最宜當午坐，散誕豁吟襟。

雨

黯黯收旌旆，先秋遞早涼。戍樓燈易暗，客枕漏偏長。入幕隨風急，侵衣帶草香。朝來聽衆壑，汩汩瀉羊腸。河名。

恭和御製進張家口元韻

獵罷回仙仗，雄關護紫煙。鳴笳清蹕近，歸雁遠旌連。門户朝雙闕，風雲挾九邊。迎鑾來塞上，童穉亦歡然。北平爲北牖，梯級擴天階。廛市通諸路，丁男少雜差。揚威如電迅，沛澤與春皆。黄案家家設，香花上翠崖。時節重陽後，添衣趁薄寒。雲低留雪竇，風急捲霜萑。遠水侵沙白，朝暾染壑丹。射鵰千里外，立馬一回看。祖烈承家法，天心鑒混茫。丸泥因險設，剖竹爲勳償。昔受羲圖緑，今瞻堯屋黄。塞田牛正滿，望氣識當陽。古塞上謡世治則歌曰：『陽國南門牛滿田。』晴色入高秋，群峰玉色浮。勤農勞問訊，綏遠在懷柔。牧事同民事，德郵如置郵。萬方皆在宥，豈獨爲邊籌。

沈閣學德潛乞假還吴門御製五言長律賜之尋奉旨贈其先人如其官復賜詩褒其孝行既成出内府金以佽稽古之榮千載罕遇同朝紳士洎輦下名宿仿唐賀知章還四明山故事咸賦詩贈别群得五言古詩一首

帝愛德潛德，繹御製詩成句。我羨歸愚歸。七十成進士，猶及贊綸扉。綸扉得清暇，剡紙明如研。中使傳賦詩，繙水十行下。上方重真儒，顧問日無虚。如魚既得水，胡乃賦歸歟。歸歟非耽隱，臣心自可憫。先人尚淺土，跪陳泪已潸。天子允所請，作詩寵其行。人言季真後，復見此老更。時秋爽初薦，大宴涵元殿。一百八十人，簪笏集群彦。饌登樂具止，禮成還賜酏。手舉白玉醆，曰爾來飲斯。殊榮難遍及，見者如身被。流傳千載慕，何況還鄉里。鄉里聞君歸，各各有餘輝。賤日豈殊衆，貴時方悟稀。兒寬鋤帶經，武功薪照字。寄語下帷人，慎勿中道棄。

恭和御製正月十六日奉皇太后瀛臺看煙火即景燈詞元韻

光徹琉璃月萬規，香塵不動綵雲垂。人言蓬島三珠樹，一夜全開太液池。
榮謝春秋妙轉旋，鼇山風物自天然。火城不夜光如晝，結得祥煙煖玉田。
雲依黼座接三清，珠斗昭回萬象明。莫道窮檐春寂寂，恩光火速到茆衡。
内侍傳宣士賣茶，蓬壺亭榭屬仙家。初疑響遏雷驚蟄，忽地光迴電掣蛇。
晚傳法駕上春臺，金母歡乘玉輦來。爛熳天花紅錦裹，松筠秀出緑毰毸。
掛定千枝浸月光，霏霏霧散净便香。蜃樓海市何曾幻，萬竅空中自翕張。
福字箋呈箇箇真，喧闐曲獻羽衣人。丹霞排出三山路，琪樹長留天上春。
綵仗新移駐禁林，薄寒料峭正輕陰。春前瑞雪曾三見，麥隴家家倚作霖。

謹堂尚書令嗣勖初就婚毘陵詩以志喜

綵衣詣别爲南行，潞水秋風一帆輕。未老雙親看舉冠，同官執友話前程。文心自有江山助，學識還從遊覽生。計日女紅添線後，香車填擁好相迎。

奉敕題返照入江翻石壁歸雲擁樹失山村圖

劒外垂長虹，澄江漾秋霽。雲歸峽氣浮，日落霞光繼。青嶂倒芙蓉，白帝隱埤堄。暮色澹容與，遠景互虧蔽。杜陵本静者，孤吟感淹滯。至人千載期，真賞自遥契。侍臣北苑才，傳神入空際。巫山窮一髮，楚樹排萬薺。遂使棐几間，坐挹瞿塘勢。爽意發書堂，捫參舉清袂。

題鄒小山大廷尉懷西圖册子

古跡莫盛於秦中，余記雍正九年，奉使入關，足跡所至，幾遍兩河。距今十有八載，夢寐遊歷，未嘗不在華陰杜曲間也。小翁出《懷西册》見示，展玩之下，如逢故人，悠然久之，并綴以詩。

憶昔奉使日，匹馬遍關右。弔古或憑眺，訪十時一有。曲江麥秀深，輞川虎跡守。渡渭探兹泉，不見磻溪叟。月下步臨潼，閣道醉村酒。渴買邵陵瓜，狂呼衛博偶。歸來踏金華，有夢到隴首。隱隱舊題處，一髮數某某。鄒君山水癖，清絶浄塵垢。作圖紀昔游，真意自討取。嶽色與河聲，一笑落君手。詩成綴圖末，聊以當敝帚。

次張司寇韻題伍逸園先生清秋讀易圖

講易易乃晦，騰説費齒牙。誰能握算布，來測恒河沙。宋志二百十，《宋·藝文志》《易經》二百一十三家。所見各瑜瑕。祁陽隱君子，理數薈菁華。叢桂香滿岫，芳菊英被涯。研朱領秋爽，五卷自名家。先生所著有《周易會通》五卷。曾揮輔嗣麈，偶揖堯夫車。刮垢浄心鏡，樹義發道芽。湛然在胸次，不遺纖翳遮。奈何媚學子，執象徒紛葩。

送延清總憲之漕帥任

萬檣移處錦帆飛，卿月聲名近紫微。官職分明似陽雁，一朝北闕便南歸。

使星玉節駐河干，觀象都占五緯寒。到日小山叢桂好，天香入座待劉安。

贈崇如孝廉隨漕帥公任

瓊瑶盈握比清詞，豈止逢人説項斯。絶世風姿遺世立，始知不染是牟尼。

高搴會見湧青雲，鶴步珊珊自不群。封陟良規仙籍在，多情應笑上元君。

帳籌墨色坐宵分，官閣餘閑手擘芸。我老無聞慚陸贄，終當俛首退之文。

張晴嵐閣學輓詞

對策當年天下聞，況兼妙楷有顔筋。殿中執事隨諸老，親見恩綸下五雲。

由來絶技授天公，世世僧繇在掌中。猶記絳桃題識好，半晴無雨又無風。晴嵐初搦管，爲余作折枝桃花。余題詩云：『願兕此花長供養，半晴無雨又無風。』即驚悟云：『余畫信以此詩傳矣。』雖然，世安有長供養哉，斂容者久之。

宫壺聲應讀書聲，日日肩隨似弟兄。樊記劉詩初讀去聲出，文從字順悟盤庚。晴嵐初直南齋，曾舉古人詩文中至詰曲聱牙者數種，屬余句讀，朗誦數過，輒言於余曰：『吾少時謂盤庚難讀，今則見爲不然，始知退之文從字順之説，非欺我也。』

十年元老禁中趨，接武丹墀當杖扶。從此青藜長在手，人乎杖也那堪呼。

天家寶笈與珠林，鐵網收來萬丈深。一自品題歸藻鑑，人間魚目任浮沉。

小會方壺九月天，南皮公讌繼前賢。元瑜公幹才都盡，一番登臨一惘然。晴嵐小方壺落成，文敏司寇曾與余小飲，今與晴嵐先後下世矣。

扈從輕程話别離，西郊疎柳不勝垂。誰知早定千秋訣，馬上征袍握手時。香山便道走送不值，行至中途，則晴嵐衣短後衣，乘駿馬，從賜園歸，席地握手，遂爲永别。

梓潼曾現宰官身，國瑞家榮證夙因。欲識它生真面目，南臺應有乞齋人。用清涼山事。

春正八日同汪尚書魏侍郎齋宿即事

清嚴公廨似茆菴，暫却官文作夜譚。春早挑蔬纔數七，歲寒求友恰成三。金蓮雙照傳官蠟，是日謹堂尚書賜宫燈雙枝。玉液餘涼擘賜柑。散步空庭新漏下，迴瞻珠斗柄初南。

奉敕恭擬和敬公主花燭詞

禁城桃李着花穠，百兩來迎禮肅雝。燈引金蓮移晝永，月頒牙管浸春濃。宫中堯舜傳家訓，塞外蘋蘩拜女宗。一自相攸循令典，名藩錫慶荷崇封。

題慶雲溪所畫山水長卷

萬疊巑岏天目，千門迴互方洲。他日菟裘此地，憑君借取前邱。

僧未來兮有約，鶴歸去矣無蹤。爲是客從暑路，雨雲忽起晴峰。

香樹齋詩集卷十二

歷代帝王道統圖讚

伏羲龍馬負圖

道統開天，遇聖而授。設位成能，立極惟后。丹圖五五，羅星錯繡。蓄秘儲精，神物孰寇。河流渾渾，龍駒昂昂。赤文緑甲，背負騰光。考序作卦，觀變陰陽。文辭未立，理藴已彰。

神農遍嘗百草

帝念蒸民，得生而樂。教畊耒耜，濟病醫藥。二儀變化，蕃廡蓁薄。鞭之以赭，有長無落。氣均大地，數應周天。五華二實，性別形遷。辛温克調，痟癘斯捐。人心和平，壽考永年。

黄帝畫井制畝

繼神農氏，黄帝垂裳。因民耒耨，肇域井疆。披山通路，省下土方。四道八宅，民居以康。步測章亥，數推隸首。師兵往來，原隰左右。冕旒相度，蓑笠奔走。百度漸興，經始隴畝。

帝堯欽若授時

惟天爲大，惟堯則之。敬觀懸象，授民以時。羲和既命，璣衡迺窺。分至中星，是正是推。三光揚精，五氣順敘。民無憂患，燥濕寒暑。作息食飲，樂恒安處。問帝之力，何有於予。

帝舜鳳儀麟舞

玉瑞既班，琹絃斯撫。九成簫韶，兩階干羽。應律風平，諧音石拊。麐鳳爲寳，來儀率舞。群后至止，虞賓在斯。揚帝之華，典樂惟夔。敷教行賞，象刑方施。薰風自南，恭己無爲。

夏禹隨山刊木

禹敷下土，四載是乘。決濬因勢，力靡弗勝。爰暨益稷，功能克承。祗台之德，不伐不矜。既道山川，乃定貢賦。錫圭告成，賜姓表胙。百神用饗，民宗度數。惟日孜孜，惜陰成務。

后稷教民稼穡

有邰之興，際唐虞夏。厥有相道，匍匐知稼。堯舉農師，民力迺藉。嘉種是登，陳常贊化。險阻既遠，民居方夷。奏庶艱食，布物土宜。粒我億兆，以慰其咨。肇祀嗣歲，以迄於兹。

成湯綱解三面

武湯正域，克寬克仁。若秕惕罪，視水懷民。出見張網，與物同屯。曰爲更祝，温然陽春。爰釋三方，用驅一面。高下左右，惟欲所便。失禽不誠，聖德始見。漢南諸侯，聞風歸善。

殷高宗夢賚良弼

彼築者誰，衣褐帶索。芒芒虞野，風雲寥廓。殷王恭默，景命睠亳。賢臣入夢，不近而遻。用作霖雨，爰起胥靡。天同神比，孰左右之。惟爾納誨，庶其輔台。克紹乃辟，殷祀永綏。

周文王發政施仁

聖人之仁，物無不愛。急先務者，澤必下逮。惟此無告，萬狀千態。我覆育之，勿令終廢。至哉西伯，化被六州。振乏宣滯，敷政優優。枯骨瘞矣，孔邇求矣。維岐之治，實啟有周。

周武王訪箕衍疇

天以一清，厥朔生水。禹順治之，九疇是矢。推衍增益，實惟箕子。書不盡言，與圖同旨。衡縱十五，會于中央。錫福者后，建極者皇，訪于商耇，周祚用昌。彝倫攸敘，治道大光。

周成王卜年定鼎

武登豳阜，實求天保。三塗嶽鄙，順瞻周道。爰審雒伊，天室載考。公旦攝政，業隆福祿。自周朝步，命召經營。乃卜年世，兆食獻伻。鼎定郟鄏，和會休明。二誥既成，越裳是庭。

漢高帝太牢祀聖

孔子至漢，二百餘年。藏器習禮，魯邦世傳。高祖過之，太牢祀焉。令諸從政，肅謁必先。維至聖道，其大難譽。後世追崇，典禮彌著。初隆釋奠，戎器猶除。馬上治之，斯言殆庶。

光武錫封褒德

漢哀平間，密令卓茂。舉善而教，子民恐後。病免歸歟，鐘鼓孰右。光武即位，重賞首購。命就太傅，錫之侯封。克獎循良，迺靖煙烽。雲臺濟濟，車服酬庸。兹先論德，百爾益恭。

唐太宗屏書刺史

漢二千石，唐之刺史。畀以化權，用致上理。苟非其人，政亦撓骫。虞廷考績，黜陟臧否。太宗君國，實重此官。屏書姓氏，聿求又安。安民要矣，知人則難。風移俗易，史豔貞觀。

宋太祖洞開重門

既定荆潭，亦克岳朗。揆日作宫，民應如響。營宇有制，仰師詄蕩。豈居是崇，實心克廣。爰坐寢殿，令開諸門。如方寸地，寧莫余捫。端直通豁，反側以安。惴惴危微，千聖同源。

恭和御製欲雨元韻

雨意看方作，皇情覺轉切。一誠惟獨注，勝慮若爲韜。屏翳應迴馭，豐隆庶可勞。天心知感召，此際仰恩膏。

恭和御製雨元韻

來兮如墜勢如傾，檐溜傳聲接萬楹。起槁回生同拖乳，添波入漲孰量衡。望中野色沉逾闊，鏡裏山容濕更清。便敕園丁課分數，蒔花盆盎一齊盈。

天漿濃郁一中之，天貺明昭此受貽。早見周原歌旆䍁，定由大澤作鱗而。三農沐浴歡騰日，五夜精勤默契時。賡和宸章同志喜，憂勞先許近臣知。

恭和御製玉甕歌元韻

山凝川結神工訖，黄雲紫氣飛丹闕。異寶傳來五百年，太平重見古法物。當時蘊彩鷲殊方，良工尋脉鏟石骨。妙理包藏江海形，瑰質翻動神仙窟。泱漭全疑接混茫，寂漻中似含軋笏。雕琢始覺靈怪集，迴復仍與潮波汩。呀然巨甕玉所成，大美不向谿谷没。廣寒宫殿起光華，山巔坐共瑶峰屹。洞駴心目迷營魂，但見澒溶争呵歘。蚪螭盤拏動杳冥，龍獸雜遝紛翕欻。大爲鯤鯨細瑣琣，奇則螭蜍劣螃蚏。天輪激轉不可膠，地軸挺拔猶盪突。居然島嶼辨方壺，豈須罶罟出鱸鱖。渾淪知有元氣含，深窅寧慮神明欝。曾聞寶甕紀軒皇，丹邱來獻隨圭黻。又聞銀甕常自盈，未信刻鏤具滃渤。義如鑄鼎示方州，俾民安處無隉杌。依稀齊涚貯黄流，想像瓊華生藻蔚。幾時淪落足埃塵，一旦搜羅更洗拂。承光别殿敞高明，積翠堆雲瑞欝勃。移從道觀登朱堂，如離草莽膺赤韍。雲濤海馬盡飛動，負以力士來仡仡。輝連藻井映綺葩，何似茅簷藏榾柮。漫疑至用等粟罌，頗若尋踪求獺碣。頓還舊觀失聖明，玉質無虧足未刖。法宫自愛發幽潛，大器終非虚剖劂。燕爵紀甗何足珍，位置妥貼謝掎扫。一物失所聖攸惜，玉甕深幸逢時不。歌成載拜誦宸章，臣也蹉跎益慚艴。

和從姪益翁歸來詩原韻十首

束髮相依四十年，各將踪跡問山川。一麾乍擁灘江月，匹馬曾衝南浦煙。益翁出守柳州，適余奉使楚南時也。王粲風流真放士，韓湘骨骼本神仙。即今都荔鏌鋣路，猶説清貧太守賢。

懷人遠思託蘼蕪，吏局勾留似責逋。苦少平反清案牘，更無心緒憶蓴鱸。寒蟬吸露聲逾咽，獨鳥依雲意自孤。一笑翻身萬里客，居然拔宅到南湖。

小醜狐跳凱里西，月明烏鵲有驚栖。監司督餉勞蘇轡，酋長輸誠忍貳攜。銅鼓戈鋋消夜雨，石屏禾黍動春犁。頻年師命因難請，不爲青冥便作梯。

數椽老屋廢村墟，曾約比鄰卜近閭。籤帙家藏應好在，余移居郡城，家事惟三朝賜書數十種，藏於聽事。盆松手種可曾舒。鄰叟遺盆松一本，植聽事西，聞已成陰。夢回却寄歸田詠，下直頻看墮淚書。小縣城隅規十笏，天留庾信晚年居。

聖語老桂已先秋，漫與詩章自唱酬。群從四三來一物，年華七十正平頭。選辰合藥春長駐，防老抄書嬾便休。官職聲名全盛日，息肩從此更何憂。

林棲最好是清時，把袂誰能十載遲。益翁長余十歲。入會洛中虛末席，勸經資政作明師。籍咸南北稱同調，廣受田廬許並馳。鴻爪且教違出處，惟將强飰慰相思。

我更老懷牽弱息，得依家督在江鄉。劇憐幼妹同兒女，差喜隨時問燠涼。程氏女孀居鄉曲，益翁時致撫恤。游戲丹青添畫譜，扶持松竹遶書堂。經年不作春明字，近局招邀有底忙。

先祠荒草委庭除，辛苦鳩工斷手初。忠魄千秋長妥祀，勞人百口未寧居。先太常顯忠祠在縣治西，明萬曆中敕建，歲久剥落。益翁初歸，即爲葺治。邑侯王君題額曰『理學名臣』，而屬陳群爲記。署題榮借長官筆，作記慚無明允書。收族況聞資舉火，稍分奉入拜恩餘。

頗聞廉訪別泮泂，官吏兵民遮道多。政蹟十年留片碣，歸心一水送輕舸。閒尋霜嶺看紅葉，緩步煙郊坐緑莎。詩法老成凋謝盡，那從辛苦覓陰何。

秦駐峰高枕古塘，由來海國意蒼茫。撼城潮響初難慣，供客時鮮儉不妨。雨課晴量從保社，春鶊秋蟀應宫商。無能最是閑中味，消受昇平歲月長。

拱極城

又問盧溝渡，初程出近郛。車書聯萬國，雄壯衛全都。老怯風雲色，遊驚歲月徂。暫時抛案牘，散誕不能無。

恩惠寺

紆步訪蘭若，清風自爾期。前朝資福地，過客納涼時。瓜蔓垂秋實，藤蘿上短籬。蛙鳴官柳外，試一問公私。

過新城作

牽牛花開露未晞，牽牛花合日正威。花開花合自有時，看花試驗官程期。淙淙溝水雨初足，時有村婦鳴機絲。青錢十千買黄犢，活計及早謀秋犁。方今民風正熙皞，臨軒聖人猶周咨。我昔校文此行役，足跡所至環京畿。舊時官種如拳柳，今見柳樹皆成圍。堠旁老卒曾省識，餉以秋瓜前致詞。官人頭白不歸去，過都歷塊終何爲。橋南逆旅復止宿，呼童汲水湔生衣。衝炎南去四千里，明朝上馬晨星稀。

新城曉發行十里登舟至雄縣用蘇潁濱郭熙横卷韻

昔宋設險張外屏，白溝諸淀遂得名。時秋積潦赴巨浸，建瓴勢挾千瓶傾。捨輿緩步上小榜，露華潑潑襟袖清。野鳧導前笭箵後，能不一笑遺簪纓。河水斜抱官路直，沙觜亂罯漁舟横。天公似解行人意，夜來行雨白晝晴。織葦作篷不蔽日，當頭河漢垂空明。回看大道馬鞍没，居然一葉能長行。故人作宰近瀛鄚，撥遣臺隸來相迎。須臾停橈泊古岸，水光隱隱摇孤城。却從意外得清泛，援筆紀此編南征。車轔轔兮馬蕭蕭，白蘋紅蓼秋風生。

任邱代柬邊鴻博連寶

邊生卧瀛海，相賞抵璠璵。好賣文園賦，曾懷光範書。雨中行旆濕，雲外幽人居。執手終成阻，何因一起予。

交河道中

曉行頭上濕雲停，半晌天高散積暝。沙路入空連水白，柳陰如翠落衣青。雁排新字先秋到，蟬送殘聲助遠聽。馬頰千年禾黍外，閑尋故道又來經。

立秋日廣川道中作

談經董子里，南望指鞭絲。天上三星正，人間一葉知。水頭風信入，蓼節水痕移。古戍朝暾裏，聲聲畫角悲。

棉　花

江南種桑樹，濟北多棉花。陽坡種千棱，雜以邱中麻。白如白雪白，紅者明於霞。黄花如葵大，鵝兒毛片毶。寒女不插髩，採摘不忍加。承風復承日，開傍行人車。宜晴不宜雨，雨多便嘆嗟。秋來成百穀，烝民粒其家。此花非碩果，不食無等差。女紅終古利，非爾體曷遮。補此萬寶缺，厥功同女媧。王稷見之拜，攄德頌無涯。

孟廟二詠

天震井

三井通賢關，海眼時一豁。遥遥數千載，洙泗有津筏。不知自何代，孟井胥且失。我朝聖學彰，幽昧靡勿達。異事碑版傳，靈物父老説。云記童孩時，康熙年十一。麥秋舉報賽，餅餌薦香飶。有雷來震之，空際霹靂出。但見庭東偏，水上響濊濊。天然露一井，古甃甃不缺。淵乎百丈深，冬夏無漲汔。至今逾六紀，順利不須渫。護以白石榦，覆以青松樾。我來瞻廟貌，小縣駐行轍。一歃清我心，再歃厲我節。滌蕩信可資，我老敢自汩。

古柏

摳衣下東除，古柏端以正。其高二丈餘，其周四圍徑。其槁也非死，其顇也非病。黑如黑色深，直若筆鋒勁。苔蘚無因依，蟲蝗絶熏烝。去華芟繁條，處默全本性。厥右一臂信，如鐵欲指佞。一枝露生意，孰可窺究竟。傳聞二千年，相傳元魏時所植。閲世凡幾更。浩氣或所鍾，不爾誰使令。神聖有臭味，往往寄陶泳。孔楷周則模，兹豈其季孟。拱立一斂容，穆然自生敬。

皀嶧道中

雨餘朝靄散輕煙，山勢河聲斷復連。山勢走如雙駿馬，河聲清比七條絃。沙河故道凡七，在百里内。

嶧縣渡水

衝波欲濟水幽幽，十里潢流過馬頭。臺隸争先趨短筏，兒童頻報濕征裘。早判星使程難定，博得農家歲有收。不是天公誰主宰，居人歡喜旅人憂。

彭城道中見秋燕

笑他秋燕少寧居，又伴行人到北徐。故故受風飛不定，微微霑雨翅還舒。雕梁杏館新雛在，草閣江村舊壘虚。同是天涯寄踪跡，那禁立馬一躊躇。

徐州懷古

長陵坏土夕陽中，古廟惟存黄石公。未許山川成割據，肯將成敗失英雄。斬蛇溝壓輪蹄跡，戲馬臺荒禾黍風。萬頃洪濤秋雨夜，至今猶撼楚王宮。

柳前舖曉發遇雨過吕梁洪新橋作

雞鳴山下雞亂啼，雞鳴山前雨正飛。片雲墨黑無道路，石橋泥多滑馬蹄。橋東古寺白板扉，以策叩之應者稀。下馬入門門徑微，槿花雪白光離離。東方將明雨腳散，欲尋舊路意轉迷。馬上河聲拍岸響，長虹十里如金堤。居民趁墟上早市，估船停艣供晨炊。吕梁自昔稱極險，趨河入海争東馳。銀鞍超越萬馬驟，縱有舟楫將安施。皇帝聖德利永永，行人喜見廢政治。我來恰值功成時，龍螭贔屭看新碑。

臨淮旅舍

臨淮縣樓下，淮水到三條。蟹舍連牀腳，魚罾挂柳腰。編茅成闤市，排筏作浮橋。夜半飛商舶，隨風引洞簫。

晚　稻

誰家栽晚稻，望雨不嫌遲。一日千回看，將齊未秀時。老夫憐幼子，慈母乳嬌兒。穲稏秋畦外，涼風恐後期。

吴牛

淡墨烏犍老，人家養作奴。幾間茆屋外，一幅水村圖。行任鴉兒啄，歸膺稚子呼。可知入楚尾，風俗近三吴。

鷺

瀹雪成毛羽，全身孰與同。瘦因辭彈射，逸可遠樊籠。柳浒宜沾雨，蓮塘亦受風。偶然寄高致，引吭入雲中。

廬江懷古

天桴城上一星高，不問逡遒與槖皋。才士空攀曹八斗，健兒猶罵趙雙刀。新鶯語咽船沉篴，冷燐光埋巷戰袍。還有含悽小吏港，春深欲訴夜嘈嘈。

浮槎山

何年天上賜浮槎，壇影空中擁鈿車。寒女即今脩佛事，夜深扶拜海榴花。

弔龔尚書墓

鏡具昔千里，詩家此一燈。嗟余生晚近，而髮已鬅鬙。異地歸王粲，同時拜李膺。風流餘事在，秋草下韓憑。

自舒城至桐城看山作

道出舒王城，仰面得真覯。石橋仄逕通，官路趨山右。路轉逕稍寬，屏嶂列衆皺。山谷送清妍，巉巇露寒瘦。行行忽無路，萬竹塞其腠。時聞秋泉鳴，滮滮山田後。茆屋十數家，隱隱依古堠。即此豁煩襟，敢期他日又。奈何山居民，視若等苑囿。日涉且云疲，生理徒貿貿。不知改歲時，惟覺長年壽。明朝復登陟，再挹龍眠秀。

小池驛和壁間韻

行來何處白沙峰，馬首時時見萬松。但聽秋蟲牕下語，更無古衲竹間逢。過橋泉韻流寒筑，出嶺雲衣護遠鐘。迴轡斜陽别天柱，煙鬟紫翠自重重。

楓香驛次静山侍御韻

入山身在白雲鄉，複澗迴溪問野航。瞥見新槽聞酒熟，始知小驛是楓香。夢回郢尾人千里，月滿樓頭雁一行。馬上閑情數秋草，露葵開老尚當陽。

停前驛題壁

夕陽滿院訴秋蛩，試筆旗亭墨未濃。樹着刈禾衣褦襶，墻堆薙草髮鬖鬆。山依斷澗開樵路，寺擁歸雲失鶴蹤。寒女不知關塞冷，但將刀尺答村舂。

嘲坤一

沙泉清淺自淙淙，古廟鐘聲正午摐。馬背懵騰猶未醒，不知已渡二郎江。

黄梅旅宿

斜陽平野黄梅路，種秫家家引水門。地坼九江開遠勢，山留雙衲結靈根。秋高巫峽音書斷，弟界之官歸州，見汝隨隨任所，未得消息。雲擁匡廬氣象尊。今夜夢魂歸楚尾，不知何處覓芳蓀。

山行

巨靈何年擘此萬疊山，山下何人熟此千里路。路轉山迴自接連，泉聲十里五里相奔赴。天開平地作膏腴，春收便入秋來賦。小者爲縣大者州，雉堞遥遥隱煙霧。長官見山不愛山，山農戽水無朝暮。暮暮朝朝無盡頭，農要盈箱官滿庫。我行十日山下過，古戍危橋幾回度。馬上看山不計程，興來下馬松間步。龍眠山，天柱峰，乞身倘許充山農。男耕女織供飧饔，老夫看山日日扶青筇。

灊山

一峰高插天，旦晚呈異景。綽約青螺髻，突兀古佛頂。嵌空瀉玲瓏，瘦削復嚴整。晴雲出山腰，五色豔於靚。騰踏如奔馬，到此不敢騁。衆峰屬吏承，受轄伏管領。行人百里外，仰見立而挺。此而以灊名，其義未深省。灊水經其下，作鎮界吴郢。或以水名山，動者根於靜。涪翁讀書處，千載猶一憬。安得繼此風，竟置田二頃。放竹千萬竿，翛然寄高迥。隨手對一山，舉杯日酩酊。

贈馮静山侍御

君居翰林日，夙具汲黯志。言路看翺翔，往往樹清議。昨者明詔承，同典豫章試。後先出國門，駑馬導神驥。遵塗歷廣川，問渡截淮泗。是時秋雨餘，百川灌溝遂。泉源脉方瀵，濟流不伏地。千里礙行轍，跋涉靡勿備。本無投鞭衆，亦寡囊沙智。有時坐大瓠，結繩以代轡。有時上連岡，行里倍三四。出險便思君，入險則惴惴。行者既如此，居者復何庇。上官宣皇仁，閈亦飭諸吏。周源詢咨諏，惻惻終引媿。對飯不能下，夜亦不能寐。浹旬渡黄河，漸得安旅次。僕夫泥腳來，曰君驄馬至。我喜出相迎，各各慰顛頓。袖中攜新詩，勤懇多況示。讀至行李艱，使我心復悸。末陳民間疾，實可中設施。彷彿鄭監門，能無感風義。

渡潯陽得舍弟消息已於十日前挈隨兒西去黯然久之成二絶句

潯陽江水碧鱗鱗，簫鼓聲中渡遠津。不敢推篷向西望，秭歸今有未歸人。

帆檣如織馬駸駸，極浦秋煙不可尋。萬種離人萬行淚，算應祇有此江深。

琵琶亭次韻

尚憶潯陽送老年，偶翻一曲教坊傳。名心自付青山本，綺語應皈白社蓮。賓從同時來置酒，星旌斜日此停船。放歌楚些招居士，江水無聲月在天。

東林寺和王文成題壁韻

下馬登山踏秋草，路入東林覺秋好。處士高僧跡已塵，廬山面目何曾老。石罅寒筑泉聲哀，酌泉仰看芙蓉開。天池拂水落天半，餘噴似逐清風來。出門西去重回首，今宵且醉山村酒。醉中猶認壁間題，龍蛇生動不可朽。故人高閣虚中庭，中丞開公遣吏來迎。采芳遲我江之汀。夢回記上爐峰頂，北指恒燕一髮青。

渡潯陽江經廬山至德安次香山德安趨潯陽韻却簡柱川太守

侵晨薄潯陽，煩慮始一展。廣川利泛涉，層巒揖清緬。穿石水紆迴，出岫雲舒卷。攀危倚僮僕，攬勝去帷幰。西崦竹逕封，東林碑字蘚。登頓信云疲，散誕乃忘倦。山程延信宿，茆屋就偃蹇。復此遵修塗，仍欣開别巘。村稠市稍喧，磵豁路初轉。通津俯金帶，古渡歷敷淺。稽圖豈遂遊，托志聊紀顯。淩虚馬蹄蹴，窮皺吾目眩。題詩報故人，即事得幽遣。

唤渡亭次韻

沙頭驟馬白於銀，似向西湖去踏春。唤渡亭邊飛一葉，雲居山外問雙津。縠紋緑净誰能唾，龍井芽香乍可親。我是江州老司馬，暫將翠黛着官身。時余乞假，將還浙江。

楊柳津詞二首

美人入空際，解珮遺蒼瑶。化作一溪水，楊柳垂長條。

青溪折楊柳，露下沾衣裳。相送不相語，洞口逢漁郎。

山下渡曉發

江流闌入抱雲居，水色山容玉不如。一幅硬黄留粉本，雙崖空翠潑林箊。船頭霍霍衝波鴨，沙口蓰蓰挂網魚。下馬添衣來問渡，晨晞浥露小涼初。

陪蒼崖參政前輩小飲次韻

慣説秋風古戰場，如逢農叟話耕桑。由來芳草憐遲暮，自古佳人易感傷。岐路清聲追兩漢，錦囊好句續三唐。次公藉甚風流在，官燭尊前底事狂。

十四夜作

漏聲鎖院夜初深，簾額微風散水沉。鏖戰三秋誰拔幟，含毫萬舍苦投鍼。豈無照乘先流彩，自有焦桐要賞音。仰見百花洲上月，青銅磨出鑒余心。

十五夜喜雨畫壁遣興漫題四絶句

晚涼散步到庭閒，鏁院深沉似閉關。一陣天香簾外落，江雲銜雨過西山。

黄柑貢北有飛艭，分賜年年拜一雙。今日定甆盛顆顆，中丞開公餉柑十枚。先嘗特地到章江。

老眼重揩最易昏，百花洲畔擷芳蓀。夜來不作持螯興，郭索聲傳秋樹根。

每逢佳節感鬅鬙，饋遺賓筵雜俎叠。童僕兩三無賴甚，飽分餅餡剥紅菱。方伯、觀察諸公頻餉時鮮，悉圖於壁，以志其意。

榜發後登明遠樓見百花洲上有被放者徙倚水濱若不能歸者愀然有作用涪翁詠李伯時韓幹三馬韻

何人澤畔頭低垂，絶似病馬脱羈絲。此時相對風前葉，昨日自許囊中錐。暮雲欲雨且不雨，西顥隱隱如駒馳。駒馳況復看火馬，銜泥報捷誰能羈。貧女何堪老不嫁，將軍自古歸數奇。幾家博塞呼五白，孤夢逐雉終成雌。三十年前曾下淚，今日登樓一見之。芳蓀被逕不可採，吁褌帶如敗鼓皮。水邊人哭人不識，樓上人愁人不知。惟有廬陵老居士，目迷五色真吾師。

附和詩　金德瑛

妙技争誇和與垂，闈中得失千鈞絲。一朝榜發欷自嘆，默默愧此三寸錐。聖朝選士命歐陸，冒暑六月鋒車馳。正當珠玉搜仄陋，肯以糠粃輕孤羈。須知蕊榜有定命，一士數偶百士奇。長途弗與整秋駕，故里還復烹伏雌。爾方倚闌意何似，公已遠望默識之。文章公器宜自反，洗濯骨髓寧毛皮。金針度處誰共喻，馬首噪者或無知。如得其情矜勿喜，公之衡文真士師。

重陽前一日同諸公晚出至公堂觀屏風所刊御製題貢院詩遂登明遠樓用韋蘇州郡齋雨中與諸文士燕集韻

列棘撤深院，晚桂敷叢香。樓高延江氣，衣薄怯池涼。執事方散去，紆步迴公堂。豈惟適眺聽，於兹覿時康。鱗鱗別號舍，辛苦誰能忘。以人有同趣，感遇皆親嘗。右文攄令德，煌煌垂詩章。思通風雲迴，勢轉鸞鳳翔。洪都磊落州，聲教何洋洋。淩虚發清唱，永言表南疆。

彭樂君方伯黄訒菴觀察蔣肇予施棠村兩副使李仙蟠參政招同馮静山侍御開静菴大中丞金檜門學使高魏公總戎讌集百花洲賦謝二首兼以誌别

雅開餞席問蓮塘，落日秋陰上女墻。檀板能催文字飲，金魚多帶菊花香。風流勝地誰相繼，事業名山可許藏。緩步名橋尋仄逕，添衣爲領晚來凉。

陶然隨意坐苔斑，爲政寧辭半日閑。如市臣門無請乞，依雲仙館有追攀。聊枝全解歌人舞，楓葉先侵座客顔。明發船頭叉手立，多情難别是西山。

登滕王閣

曾聞修竹掩空亭，興廢千年亦屢經。畫棟月明迴北斗，珠簾雲浄展西屏。無窮煙景成朝暮，有數詩篇寄性靈。滚滚長江留不住，當歌對酒莫教停。

廬山桂答白太傅即用其韻

物生各傳地，命之實由天。天公但隨地，無意於其間。如魚必樂水，飛走各依山。匡廬毓靈異，能使桂樹鮮。不聞芭蕉卷，禪理參牢堅。高松倚幽澗，菁葱不計年。其種遭燕爨，焉知幾萬千。荔子堆滿地，狼藉陳家園。豈無一顆貴，紅巾貢御前。

口占贈彭樂君方伯

紫薇堂上紫薇開，爲國求賢集鼎台。歌徹鹿鳴成禮後，故人踏月會重來。

雲龍踪跡問山川，畿輔同官又十年。昔日於菟今抱子，論交三世在燈前。

樂君方伯以文待詔詩卷見示並餉酒肴即用待詔排律韻題於卷尾

晚遊步屧佩珊珊，初地招尋似舊諳。風阻扁舟仍郭北，詩傳横卷自江南。停雲清事勞相況，務觀前身定不慚。待詔嘗自謂其詩從放翁入。雙榼挈攜教獨醉，一時披拂續宵談。夕陽渡口明霜葉，遠帆波心掠翠嵐。此去山程先蠟屐，來朝祖席又歸驂。謂静山侍御還朝。江干有客方持斝，會上群真正盍簪。是日爲樂君五十二歲生日。遥聽紫薇堂裏曲，春鶯嚦嚦燕喃喃。

江行有遺千里鏡者笑而還之并繫以詩

修筒截三尺，鑿孔兩相對。枵然虚其中，羃以玻璃蓋。鏡物無蔽遮，千里納一芥。我所欲見者，乃在千里外。形骸來隔之，非爾所能届。我所易蔽者，几席自生礙。爾既騖遠覽，何以獻善敗。多取則近貪，求明則易昧。持鏡以致遠，毋乃譏蔚薈。譬之室思人，强之於夢寐。其所不見者，强半誤唐棣。歸鏡繫以詩，聊取刪詩義。

呈谿父梁先生

仲子同朝推貴壽，長公文筆重螭頭。跨驢客自華山到，席帽寒燈話舊遊。

星旌喜得近長庚，一卷新詩玉有聲。天與風流還與健，惟將歌嘯答昇平。

不管頭銜與誥身，杖藜日日去尋春。問渠底事忙如許，要替西湖作主人。

香樹齋詩集卷十三

弋陽舟次灘行聯句

東歸截干越，陳群西顥正晴景。玉琊心已高，載弋字涯尚永。諸灘勢建瓴，陳群急水聲沸鼎。鉦聞上瀨戈，載竹續汲潭綆。有爪背上爬，陳群恐骨喉間骾。唇撐車曳輪，載尾送弓安檠。得助叫力量齊，陳群中休氣息屏。滑澾蹋錦石，載牽纏黏翠荇。肩隨擁一扛，陳群腹果消半餉。寸失尺知，載難進易退領。沙礫多淹留，陳群飆席謝馳騁。如門過限平，載似鑠通鑰冏。示暇或以鄰，陳群觀機必於靜。役勞主恤同，載道濟世艱靖。往者自滔滔，陳群再乎實耿耿。老馬雖識塗，載游魚仍麗笱。一灘復一灘，陳群放艇且收艇。黿峰飲江黑，載蟹舍着星冷。餘激排村春，陳群連嵐仄天影。抑揚枕上清，載忠信夢中警。上者色方變，陳群下者顏莫逞。曾不思安身，載而乃甘没脛。生涯各衣食，陳群游惰則瘤癭。嘗言閩粤險，載未敵灩澦猛。有弟官秭歸，陳群攜家向鄢郢。州城峽束孤，載信問湍流梗。昨吏啁哳來，陳群附詩於邑哽。漫遊抱私難，載幽泛得深憬。上冢偶師麗，陳群外物非慕邴。順逆敢自由，載風濤紀兹境。山郵橙橘香，陳群湖面妝抹靚。訪僧採秋芽，載撥雲試龍井。陳群

次坤一過弋陽五十里江山勝絶即目成歌韻

趨湖會章勢不淩，非茹善與高豈矜。崖奔谷複氣象增，靈山龜峰插崚嶒。雲衣滃浥天光澄，晨夕異狀秀者恒。遠峰入空晴層層，岩半古寺摩秋鷹。陰磴欲上儼飛騰，疎林密篠丹翠凝。緣罅包絡千年藤，迴舟見石得未曾。或九或十皆模稜，魯鼓薛鼓不受絙。結趺平處可萬僧，倘分香積容鬅鬙。鸕鷀入水微波興，鷺鷥浴水寒如冰。以魴以鯉笭箵承，猶趁晚影來抛罾。山農水户無兼能，何人唤渡篷長肱，野航自放無人膺。西陵社酒招東陵，生生世世忘嫩矰。朱陳村在前山塍，其不婚媾亦儕朋。擬收長卷墨可憑，黄鶴一峰皆絶勝。

附原作

錢　載

龜峰三十二可淩，靈山七十二最矜。篷牕兀坐疑似僧，但送遠近秋崚嶒。一峰轉江江碧澄，峰之插江以爲恒。一峰如城甎甓層，如臺如筆還如鷹。牛卧獅搏龍矯騰，青霞千里縱横凝。一溪落江橋隱藤，溪來峰隱百尺曾。一磯砥江老模稜，濤痕四蝕如環絙。崖懸壁削立一僧，其居篁竹松鬅鬙。僧立觀水風不興，水色蒼玉光寒冰。又峰壓虚冰玉承，影浸百艓漁收罾。輕篙短槳婦女能，得魚歸去麾之肱，阻流安碓灘聲譍。稻堆屋山高及陵，此沙可宿無嫩矰。草堂盎面峰間塍，遠招近揖皆我朋。一林紅樹清霜凴，一行白鷺涼煙勝。

晚　泊

落日增波上客舟，江干晚景一時收。灘聲春語如相答，雁落鷗眠各自休。沙際樵喧投小艇，松間燈影出高樓。西風未與歸人便，指點前村爲小留。

晚飯仍爲十里行，江村秋老動砧聲。密排急碓如飢鶴，陡立方山似廢城。竹塢晴煙藏遠寺，露華涼月上雙旌。水痕猶記千年蝕，石上攔腰一樣平。

琴硯銘

高溪石材中琴，水仙來操烏欽。

江行題紅葉

舡唇叉手正尋詩，澗碧山紅過六時。一夜流傳霜信徧，早衰多是出頭枝。

戍樓山館與僧家，烘染風情有晚霞。爛熳幾枝紅入水，江頭十月憶桃花。

照來山壁半成丹，露浣霜饕總不乾。幾度好風逢勝處，故遲晚飯落帆看。

多情似欲傍船移，回首斜陽照酒旗。不與紅顏競時節，此心只許醉翁知。

答唐莪村方伯

一番真成執手期，雙魚況復寄相思。恐辜明聖湖頭約，三板江船戴月移。
蹤跡三年論萬里，風濤一瞥已千齡。君恩天大從頭話，簾外吴山落筬青。

江山船謡六首

食魚投魚骨，江魚見之泣。生身托鰍生，安能慎出入。
十五舟人歸，弄篙如使鍼。鍼長怕傷手，篙短怕江深。
風逆灘水急，一步如登梯。來船莫相笑，看爾回來時。
少婦出村裏，擣衣坐江干。遠帆山腰轉，回頭望所歡。
江煙白於雪，江風尖如矛。嚴陵養生者，五月猶被裘。
曉進桐廬飦，暮聞定山鐘。不知山水勝，但挂十分篷。

自桐廬解纜風順午後即抵錢塘江干口占一絶

桐君送我還朝去，江上芙蓉面面開。多謝玉皇山名好顔色，雙童招手過江來。

夜過塘棲

十月塘棲路，家家賽小春。燭龍摇夜水，村鼓接比鄰。雨濕歸帆重，風微鄉語真。年豐昏嫁早，近局想朱陳。

冬日題煙雨樓

昔遊容易感沉吟，烏帽髩髩此重尋。偏與客船留落日，全收湖勢作秋陰。壺觴偶寄閑雲跡，遲暮空餘獨鳥心。一到便教違十載，百年還有幾登臨。

和陶詩

次和陶韻，以類相從，故與前詩不以先後爲次。

阻風江干北蘭寺僧廣林送晚桂一枝留話移時和形贈影韻

地偏艤舟宿，風號及晨時。江行不計程，去住信所之。執手别千里，瞻言猶在兹。化人復何事，夙興恐後期。殷勤折晚桂，似結塵外思。況余遲暮影，對之增悽洏。題詩聊相答，仰俛無復疑。混茫一窮達，此義非言辭。

阻風江干晚眺西山和庚子歲五月中從都還阻風於規林二首韻

假日自兹始，紫邏還敝居。水清映木石，村静絶喁于。逆風迴去枻，枉渚守一隅。江勢有分派，所即遂異塗。鄰船喧違岸，夕景散秋湖。時序默改謝，川原呈蕭疎。觀物無竟極，相遇瞻望餘。多情有西嶺，獻秀復何如。

思歸匪不速，信宿安所之。弟妹各一方，聚首難與期。獨鳥餘遠思，孤雲有還時。昨日盛高會，今者淹在兹。故山信云戀，厚禄誰當辭。晨發沿江水，東指夫何疑。

瑞洪晚泛和影答形韻

白板造江舟，迴轉極迂拙。帆駛岸非移，沙亙路豈絶。野色無逢迎，目遇隨所悦。前林方延勝，舵捩忽已别。風止雨初濛，雲隱星未滅。微蒸欲解帶，薄陰釀秋熱。傍人但知進，用力戒勿竭。停舟侣鳧雁，即事信不劣。

往與新淦晏中丞虞際同年友善余奉使豫章虞際以奉母里居相距四百里握手願違悵焉有寄和答龐參軍韻

入覲秉東節，尊酒遺令言。自昨辭湘水，乞養怡田園。化俗敦孝弟，娱情寄詩篇。古有求忠訓，今兹豈不然。相期同心舊，終虚執手緣。章江有雙鯉，尺素聊與宣。思君一延佇，孤雲移秋山。金石苟不渝，何必皆盛年。

自餘干至廣信灘行五百里憶曩遊閲四十年復問津焉慨然有作和詠貧士七首韻

往遊如去水，旅夢猶依依。豈期復來訪，短楫遲清暉。林鳥似相識，睍睆相鳴飛。水喧漁舟出，谷響樵人歸。群動各有托，所苦寒與飢。人生不滿百，安能長獨悲。

碧梧蔭嘉閣，丹桂榮舊軒。國典重休沐，暫許歸邱園。邱園隔千里，江蕪自生煙。閑情此孤寄，默默惟静研。所思在遠道，平生邀一言。媿乏理人術，頫首思前賢。

急湍落秋峽，韻叶太古琴。偶然到枕上，寂寞餘清音。披衣中夜起，欲即不可尋。村醪尚盈缶，獨飲自勸斟。飲中有賢聖，至理吾所欽。流行與坎止，誰與諧此心。

耳目有偏寄，陋彼曠與婁。如何生使獨，相任不相酬。覆載廣且大，銜羽嗤周周。本無神仙訣，安能遣煩憂。生逢堯舜君，都俞況同儔。假年獲所請，於焉終吾求。

舟人日理楫，他務非所干。如何食君禄，而忍尸其官。旅行廢晨興，及午方朝餐。日來風力勁，襆被知天寒。酌酒對霜葉，相顧非盛顔。李耳識此意，青牛過函關。

扁舟滯雲水，理本如飛蓬。論文契獨賞，舉世稀國工。宣秉起雲陽，楚北失二龔。結習苟或異，領趣安能同。灼然見大川，非楫信難通。九京如可作，斯致當誰從。同朝有衆正，先後來名州。僚屬共砥礪，清節誰與儔。錢徹復相送，巵酒臨中流。洒半一敦勉，各爲蒼生憂。顧余寡長策，厚意竟莫酬。何以慰相思，努力期信脩。

十月二日過玉山作和九日閑居韻

連岡亘平地，于役日勞生。一從上帝錫，遂遺懷玉名。夜來仰星象，珠斗相輝明。少日曾度此，倚松聞泉聲。今復松下過，對之感衰齡。晚禾霜前熟，新釀槽閒傾。山農識先事，秋盡規春榮。竹石藴深致，禽鳥披餘情。笑彼淹留客，終歲竟何成。

過金雞嶺嶺距曹會關數里爲浙東江西分壤中有白雲菴相傳唐僧貫休所締去大道二里未遂攀躋爲詩紀之和神釋韻

疊石分豫越，井疆遂衆著。林禽自往還，壄氓互親故。行旅各趨趲，逐逐如螘附。我來憩陂陁，稍進人吏語。云有白雲寺，爲指其深處。朝看白雲起，暮看白雲住。人生有窮期，白雲無盡數。入山即遊山，何用遊山具。高眄揖皇初，抗情外世譽。天末送長風，時運默來去。達人中豈嬰，志士内懷懼。量力葆自然，即此袪煩慮。

李蒼崖参政以余將東歸遣吏致酒遲於草坪郵亭對酒賦謝和移居二首韻

移舟傍江行，似卜江干宅。玉琊舟已維，燈火旅人夕。平明上篧輿，輕程忘行役。故人遣吏導，山館爲拂席。符節史所敦，飲餞今猶昔。一從交道衰，玆義誰與析。

李侯吾夙好，氣誼敦風詩。一尊致千里，能不斟酌之。一酌對君面，再酌寄相思。相思各努力，况敢辜良時。穆然會清風，披拂信在玆。濟川利舟楫，至哉不吾欺。

嚴灘晚泊和和郭主簿二首韻

日落風始疾，厓谷生層陰。船頭弄江水，聊以滌素襟。林禽下檣艣，山犬吠書琴。還家念屢屬，淹滯猶至今。仰企釣臺上，一展平生欽。客饌網鮮入，獨遣村醪斟。鄰帆便交語，各各來鄉音。洽彼行旅跡，遺此金華簪。極目巖松外，悠然與之深。

歸雲薄晴巒，繁霜厲寒節。戍樓發悲笳，流韻中宵徹。繚峰舟勢孤，兀坐成悽絶。論世復低佪，周黨豈其列。事異赤松遊，高睇邈時傑。我行訪桐君，長揖要妙訣。侵曉一鼓枻，暉暉西臺月。

曉經桐廬和連夜獨飲韻

扶輿藴深秀，際兹信其然。澄江趨遠瀨，山壁束重關。瞰流勢峻絶，結構契飛仙。東望極綿邈，寬轉況秋天。晴旭散煙氣，好風爲我先。故園三日期，似可須臾還。往遊竟徂謝，茫茫四十年。今復一來過，感契示清言。

泊舟鐵幢浦觀月和游斜川韻

濟浙初見岸，旅泊得蹔休。勝地恣遐矚，暮色阻嘉遊。霜氣肅寒魄，煙光泛湍流。逸網有沉鱗，眠沙無驚鷗。海門窮千里，東望揖浮邱。臨風生羽翼，浩蕩誰與儔。酌酒對江月，揮盃自勸酬。此興亦偶然，常得如此否。盡夜不能寐，終抱生民憂。哀鳴中澤雁，勞勞何所求。

將近南湖一二親知鼓枻來迎喜贈一首和還舊居韻

越江復度嶺，今日真成歸。在理歸當喜，胡乃惻惻悲。屋廬雖未改，鄰里或恐非。蒼老多徂謝，問十一二遺。去僕兩三輩，猶自效依依。即聚便成樂，遑問離別惟。憂喜任離合，坐是能勿衰。萬事付流水，一手何足揮。

上冢和飲酒二十首韻有序

陳群奉役江右，陛辭日，面陳烏私，乞於事竣，紆道里門，省先人墳墓。即日得假。九月既望，由章江泝灘踰玉山，下富春，過錢塘，於十月望還家。馳拜封壠，凡五晝夜，登山臨水，自高曾以來，宅兆之在縣境者，殆將偏焉。惟是官程嚴迫，未敢淹滯。族鄙親串，念我勞人，各取酒爲歡，亦以言別念。陳群遭際明盛，少歷艱苦，年三十後始通籍，今垂耳順，追維先澤，少慰枌榆，感激依戀，惓焉有述。

舊廬忽來止，惘惘何所之。遊子感風木，增悽還家時。昔日承歡笑，永朝常如兹。今者命楫往，中道猶自疑。松楸竟成行，有淚誰能持。

劬勞不知報，罔極懷邱山。立善樹遺則，黽勉循訓言。築土手畚鍤，奄忽踰十年。兒童多成立，往事猶能傳。

鄰里稍稍至，存問非世情。但誇章服美，不識朝官名。桑麻話家計，略述死與生。生者顔鬢改，見之能勿驚。功名與林壑，兩念難一成。

信宿復鼓枻，曉隨孤鶩飛。延佇一回顧，黯然中自悲。情知百年後，永得展依依。乃今且成別，遑問佗日歸。曾聞昔人志，盡瘁不云衰。國恩有異數，此願將無違。

帆轉依回渚，水竹人語喧。當年釣遊地，孤寄仍幽偏。束髮奉金馬，非異泉出山。高鳥翔雲表，故林時一還。悠然與心會，因之忘象言。

行年垂耳順，昔非今豈是。積理有異同，嬰妄成譽毀。兒童詫衰白，父老相我爾。菅蒯苟勿捐，何用羅與綺。

先蹟有遺愛，宰木表奇英。物珍同臭味，行路尚餘情。傳聞百里外，觀賞來相傾。我今肅瞻拜，好鳥松間鳴。散步感時序，月魄方哉生。

瀲湖風日佳，冬樹含春姿。緣崖入雲去，踸足攀松枝。海水見澒洞，送茲萬象奇。上冢得此景，何事遠遊爲。寄言當途者，幸勿催轠轢。

散誕非可任，清抱聊一開。小人寡遠志，惟土性所懷。將老戀桑榆，于道未爲乖。仲容我家達，（從侄益翁以觀察乞老還家。）引年事林棲。鄰社邀雞黍，醉蹋田間泥。時清絕塵務，藝植多所諧。寄我歸田詩，前津知勿迷。循環且終讀，經德敢自回。

德輶莫能舉，硜硜守一隅。明者魚唼水，昧者豕負塗。敦勉示子姓，我老爲前驅。相爭則不足，相讓誠有餘。努力各回駕，來此安宅居。

文章屬藝事，所貴衷於道。少年事干祿，忽忽將終老。道充身自腴，外勝中易槁。誰能去本性，與俗爭醜好。荆玉終見售，燕石豈足寶。勿學田慎徒，高譚遺物表。

林皋鳴落葉，正好冬晴時。如何方款款，便與朋故辭。歸舟停昨日，去帆挂今茲。弱女與病妹，牽裾復狐疑。官程有期限，我正不爾欺。老驥猶千里，暮年豈無之。

簪珪既暫違，居然野人境。村醪不停揮，猶謂客尚醒。霜前對殘菊，孤致自討領。群從喜相過，一一標秀穎。燭理況清言，稍覺幽輝炳。

昨醉猶未醒，又見挈壺至。一日未辭家，拚此一日醉。少長有分行，問事輒無次。人云朝裾榮，我謂布帛貴。木牀設稻薦，企腳有深味。

近家營半區，待化或爲宅。生壙曾自銘，十年少行蹟。放竹將盈千，種松未滿百。平生冰雪交，相屬守貞白。陋彼漢王孫，委壑終不惜。

遊學離鄉井，閲世飽所經。曰歸歸已至，曰去去竟成。督郵趣命駕，祖道難再更。新知何繾綣，相送羅前庭。寒雞苦太急，膈膊中夜鳴。老年事遠別，蹩躠難爲情。

孤兒吾弟子，姪汝鼎，亡弟峰所出也。抱素成家風。立年雖云盛，如日此正中。自慚教未豫，敢期方能通。壹志勖諸弟，要令稱良弓。

淵明賦飲酒，介節恥苟得。士窮乃見志，力學以祛惑。文質有相輔，循序自淵塞。内心在修己，何暇問家國。重裘可禦寒，君子善處默。

少賤行負米，親在不得仕。今也辱浚明，録録但榮己。周任訓就列，有道穀亦恥。樹立終未能，曷不返田里。厚禄豈可私，送老增年紀。歸歟信所欣，官謗要思止。徒手欲濟川，試問何所恃。

肅肅我遠祖，聚族葆其真。數傳各通顯，十世風尚淳。不知孰權輿，厭舊惟矜新。懵然視肥瘠，忽若越與秦。人生在天地，日色揚飛塵。飛塵有相附，猶得展殷勤。棠棣深孔懷，伐木存周親。寸珠既寶世，川媚失故津。慨然終復古，相别一整巾。爾縱不我諒，共無廢先人。

恭和御製戊辰仲春東巡祭闕里秩岱宗初四日自京奉皇太后起程元韻

車服尊東魯，懷柔先及兹。省方惟敬止，問夜正何其。葆羽移阡陌，香花綴九逵。傳心詒道要，介祉祝徽慈。盛典因時舉，仁風是處披。雲容深紺幄，曙色上紅旗。夏諺今猶作，箕疇定可咨。頻頒寬大詔，膏雨比恩施。

恭和御製過容城元韻

如斗春城隱古原，評量風物付閑論。幽人未應三徵至，志士空餘一疏存。椒山楊氏疏草手跡至今尚存，曾展讀焉。俗儉耕耘惟自力，時平禮樂益宜敦。樓桑遺蹟成榛莽，博奥難尋酈道元。道元家樓桑村，在容城北三十里。

恭和御製萬柳堤元韻

誰遣長虹偃作堤，東風試剪柳新稊。永豐坊裏垂空碧，那有今朝入御題。

傍柳行人如織絡，翻堤春漲自潺湲。身依仙仗經過處，疑在蓬壺三島間。

春鞍得得上輕埃，唤雨鉤輈日幾迴。無數漁舟齊仰面，平橋十里似平臺。

恭和御製趙北口水圍詩元韻

宋家開巨浸，傍輦一過之。圍合思存古，蒐明典在兹。追思皇祖烈，恰值早春時。舴艋通橋路，貔貅列水涯。豈無舫也美，用陽書語。自有信天奇。《山海經》：『瀛鄚之間有鳥名信天。』軒制猶開拓，湯仁見設施。前禽無慮失，香餌不教垂。水滈排軍勢，虞師助陣儀。非徒倡勇敢，亦以戒荒嬉。天筆從頭紀，應留第二碑。

恭和御製趙北口即景元韻

水關瀁漭滙諸川，一頃荷花一頃田。幾處啼鳩時唤雨，數行歸鷺自銜煙。成家罾網何曾税，當菜魚蝦不值錢。生長昇平餘樂事，閑招近局一過船。

吏人剥啄不曾聞，魚少魚多有戚欣。水上鷗翻迴暖浪，船頭雁起入高雲。緑簑青箬常呼伴，細雨斜風乍失群。此日宸遊風物好，薄寒天氣正春分。

恭和御製河間道中元韻

輦下輕程四百里，瀛城自昔號名邦。招賢北館誰能近，樂善東平或可雙。雅樂遺音猶嫋嫋，鬲津故道想淙淙。言尋古蹟斜陽裏，特地巾車上小牕。

恭和御製登景州開福寺塔元韻

舍衛香塵灑半天，近捫星斗落檐前。北眸滄海千層碧，東指齊州幾點煙。鉢水龍腥知欲雨，簾花鳥啄正安禪。一從天步登臨後，金擁浮屠十萬年。

恭和御製衍聖公孔昭煥率所屬執事官竝博士弟子來謁詩以示之元韻

德車夙駕結星旌，只尺宮墻展敬誠。所過萬人齊仰面，來看天子謁先生。上公舞勺年方秀，賢裔垂紳度亦清。明發陪趨尋聖域，從知闕里勝蓬瀛。

恭和御製至德州山東巡撫阿里衮率所屬來接詩以示之元韻

翠葆臨齊甸，如弦馳道開。遥看連率至，旁帶小侯陪。共凛天工代，惟期德意恢。入疆觀政蹟，屢詔急民災。帝念恒欽若，臣心警惰哉。此行爲重道，兼以省方來。

恭和御製高唐覽古元韻

的礫休誇曾照乘，玲瓏漫説現空王。大清河名遠帶追前漢，通惠分支溯有唐。岩頂經時誰餉石，樹頭百里有飛檣。守臣盼子今焉是，好借循良致阜康。

恭和御製所見元韻

方行東指來青齊，周遊尋覽嘉師師。起滯賑乏策既備，蠲租肆眚政不違。巽命誥戒重保障，大吏陳請許便宜。刑清民服績可奏，勖哉有土慎職司。

恭和御製春分日即景元韻

麥隴千畦帶曉村，風光堪與畫圖論。雀投遠樹聲先入，馬踏晴泥意似騫。輦路平橋紅到水，田家垂柳緑當門。愛聽井上轆轤響，灌得春莎便號園。

恭和御製汶水吟元韻

圖流孕珠方孕玉，分洸會泗循舊躅。翠華臨曉度清川，柳影參差蘸波緑。

恭和御製滋陽覽古元韻

何年嵫也乃爲滋，厭術從教理解嗤。灊既名山還署縣，磻因出水亦稱兹。《名山志》：『灊山，以灊水名山，遂名其邑。』《水經注》：『滋水出磻溪，太公隱焉。』相枝終老瑕邱志，臣甫初編東郡詩。

清蹕經過一吟眺，平臯齊麥正青時。

恭和御製杏二首元韻

當風時一笑，照水自爲鄰。燕語迎新社，餳簫送好春。長安正花事，看遍是何人。時天下貢士待試南宫。

穀雨陰晴候，憐伊碾麴塵。深巷誰家賣，青帘倚作鄰。風光三二月，點綴幾分春。扈肅無迴馬，村稠有醉人。向榮多早放，願受屬車塵。

恭和御製闕里祭先師禮成八韻元韻

廟堂臨玉輅，雲漢日星垂。復旦光皆仰，昌期信在兹。一人隆法祖，萬國各尊師。德備知仁勇，教成孝弟慈。從今傳道要，夙昔已心儀。體此其惟聖，外之者更誰。羹墻欣得見，美富敢云窺。令典賡歌紀，詩成媿屬辭。

恭和御製賦得手植檜元韻

古根生意足，用晦葆其天。物以美斯愛，薪緣寂更傳。履聲猶宛在，手澤此存焉。會見新條發，寧教衆草纏。金絲長閟響，梟嶧遠含煙。緬想濃陰下，生徒立幾千。

恭和御製謁元聖祠元韻

契道兼繩武，來瞻元聖祠。明農歸政老，玩易與時宜。翊戴同心奭，憂勞一姓伊。平生官禮意，留待帝王施。

恭和御製祀少皡陵元韻

帝陵脩盥薦，旭日上扶桑。畫井初承業，遷都自集慶。俗亂仍渾噩，治可接皇王。鳥紀傳官制，秋權秉化光。澗溪通濟北，風雨避嵫陽。郯子真苗裔，鋪張祖德洋。

恭和御製謁孔林酹酒元韻

昔夢雨楹奠，今看萬乘來。橋通華表外，址拓古城隈。泗水環如帶，蓍苗緑似苔。墓旁築室在，歲久未傾頽。

恭和御製祀岱廟元韻

望秩隆儀繼六宗，龍旂飛處彩雲封。嶙峋石笋傳真嶽，鏜鎝天風入古松。自有聲靈符玉帛，唯將肅穆奉音容。宸章直與祈詩合，霢霂應霑東作農。

宣氣扶輿木道行，巡方賓禮配陽精。稱宗布澤推東長，出震乘權在始亨。衆彙資生尊作府，諸方領鎮儼爲兄。仙官九萬迴雲馭，蒼帝端居治嚮明。

恭和御製五大夫松元韻

酌泉漱石得廉名，塵外何曾有送迎。鱗甲剥殘斯篆古，頭銜拜謝漢符榮。當春猶厲冰霜節，隔水時聞琹筑聲。今日班聯同上壽，鬚眉龎古各分明。

恭和御製對松山元韻

奇處不勝採，兹山信亦奇。於焉得異領，坐久暢文思。彷彿田盤下，菁葱一萬枝。仙人攜六著，來搏夜光芝。

恭和御製登封臺元韻

虞典未載登，封事但聞協。時與正律奉，天以實不以。文何用金泥，凾祕密各虞。徒誇祝嘏詞，揚厲漫屬史。臣筆有功不，伐獲謙吉時。雨將降雲自，出元首明哉。股肱良光華，丕冒海東日。

香樹齋詩集卷十四

恭和御製恭依皇祖登岱詩韻

古來玉檢在何處，空際白雲無盡頭。疋練晴懸吴會外，巨菴夜挾海天浮。乾維載化迴三始，地絡憑虚控九州。坐對扶桑動天筆，好磨丹壁與重留。祖蹟皇猷同赫濯，方行盛典紀從頭。斗牛路近諸峰小，長養風齊萬緑浮。日觀知晨升幼海，天孫受職鎮方州。雲堂非復人間供，翠輦方迴尚少留。

恭和御製閱濟南兵元韻

東都廣武地，爽塏正春晴。畜衆功宜豫，衛民洵所程。幟明迴電閃，礮速先雷鳴。上將承天語，新銜領禁兵。時巡撫阿里衮除領侍衛内大臣銜。

恭和御製謁舜廟元韻

帝終書有二，王始德無雙。陶器工猶舊，山祠屋尚龐。雲歸深鐵鏁，雷動暗晴牕。心契無爲化，垂衣夙所降。

恭和御製上巳日曉行即景元韻

野杏夭桃尚未闌，春程昨夜遞輕寒。水明恰值濺裾過，山好偏宜帶雪看。入市煙林依遠巘，平橋沙路漱微湍。幾番補助頒新詔，跂足皆知天地寬。過魯轘轅又入齊，依山輦路略高低。奉高墟市今誰是，山在風光入望兮。上擔春餳膠似蜜，堆盤榆餅薄如圭。從官先賜清明火，前一日行在賜宴。簪柳分箋個個題。

恭和御製濟南府海棠正開對之有作元韻

有力東風似撒沙，海棠偏自鬬清華。盡情開滿當三月，隨意吟成爲此花。杏暈桃夭多襯貼，錦綳翡帳莫攔遮。春陰曲曲雕闌外，笑倚新裝幾樹斜。

恭和御製百花洲詩用宋曾鞏韻

宸遊憇古亭，言尋芳洲路。蘭舟初停橈，雲罕一迴步。垣轉勢更寬，洴邃景多趣。舟逐鷗鳥飛，帆隨駿馬騖。漣漪散圓珠，晻曖挹朝露。遠水自生虛，春陰易爲暮。林碧澹人煙，袂清襲花霧。風詩懷名篇，瞻眺發深顧。豈惟適方舟，亦可滋秔稌。即事念民依，旨哉有餘慕。

恭和御製鵲華橋元韻

此日風光似尚湖，詞臣奉敕譜新圖。編修臣張若澄作《大明湖全圖》進覽。春明十里香山路，出水青龍橋名總不殊。

雙峰俯瞰雙流水，雲滿峰頭水滿橋。閑數明湖比明聖，西湖一名明聖湖。三條橋外又三條。

清明應節雨濛濛，望幸人來上玉虹。北指金庭雙闕迴，鵲橋迴看有無中。

恭和御製歷下亭元韻

百泉交滙處，亭古着其間。遠意蘆芽得，機心鷗夢閑。水深魚斷落，隄曲麥畦灣。坐久移清蹕，白雲自往還。

薄陰花得氣，落日水增波。此際宸襟愜，由來古意多。雲衣輕似縠，煙髻澹於螺。敢效風人致，卷阿幸一過。

亭似扁舟泊，湖如一鏡泓。詩人存老輩，名士謝虛聲。嫩柳摇簾碧，繁花照眼明。水雲多所適，終自結遥情。

恭和御製登會波樓元韻

郡樓巀嵲女墻高，霸業當年想自豪。二水環迴各千里，三齊輻輳入平皋。早通估客魚鹽利，好課農桑灌溉勞。疏濬即今良法在，百泉濆起作輕濤。

恭和御製濟城春望元韻

幾餘極目上層樓，麥自青青桑自柔。曉圃摘莎供擔負，新畦引水入渠流。不須海氣方成雨，何必川塗始作舟。聖主勤民求瘼遠，豈圖汔可便紓憂。

恭和御製清明即景元韻

東都雨後足清嘉，花氣絪緼爛作霞。包裹踏青春有路，轆轤汲井水生花。鶯啼深柳依稀見，燕語迎風約略斜。聞説明朝迴玉輦，攀留遮道萬人家。

恭輓孝賢皇后詩五首

濶川傷逝歎愔愔，絃斷清徽感舜琴。萬里天青鸞月墜，九重淵坼竟珠沉。仁慈共仰鳲鳩一，寬厚真同樛木深。長信春時花寂寂，内朝無復玉衣臨。

躬脩内治佐時康，二十年前溯定祥。繭館繅成餘手澤，膳匜視奉盡親嘗。宵衣早勵書無逸，永巷猶深夜未央。比竝芳型經傳在，曰莘曰狄曰周姜。

衛水湯湯作淚流，人間大藥信難求。奄辭猶爲官家計，解脱曾無私語留。雲鶴迴翔臨黼翣，靈妃環衛擁仙舟。定知天妹歸天上，莫慰吾皇萬斛愁。

別殿朝來匳衛俱，素幃舒皁廓椒塗。千行命婦捐膏沐，四世夫人拜翟褕。時衍聖公夫人孀居者四代，皆星馳千里，奔赴繐帷，哀慤成服。鸞馭天邊時下上，鳳雛雲路慰勤劬。惟餘翊戴平生願，金鎖簾深入夢無。

鏡在奩臺練在椸，六宫悽切想光儀。誰知小別嬪嬙日，即是長辭階戺時。孝感慈闈悲拭淚，賢欽聖主痛題詩。永膺雨字千秋謚，留與人間壼内師。

奉敕按月題雕牙畫册得四月

不須玉鎖與金鋪，鏤琢天成仙子都。煙散睡梟縈細柳，聲傳雛鳳出高梧。檐前唤雨來鳩婦，檻外凝香簇鼠姑。節候恢台方愠解，五絃初撥寫清娱。

恭和御製浴佛日三首韻

晨趨猶記鵲聲傳，重指前星一皎焉。蘭露含滋真郁若，蓮花出水本天然。曾陪令僕經温室，親見麒麟卧式乾。禪相六千披藻思，簪裾來結舊香緣。

浴佛年年此日傳，晬朝嘉會亦於焉。人天迦葉誰參得，堅固芭蕉足听然。欲識去來成果樹，好從印證問靈乾。選場第一生歡喜，啼笑真堪話鉢緣。

金燼成灰薪自傳，春來噩夢汨潸焉。青蚨有約終歸也，芝草無根亦偶然。何處山齋添布施，人間容仗飾連乾。吟餘更憶探環事，驗取前生未了緣。

晚集雙樹軒用漁洋山人即事二首韻

終朝趨禁籞，小巷似深村。不謂人歸直，猶聞客到門。蒲寒成薄設，風味比鄉園。剪燭徵清話，應同休沐論。

聲名諸子早，先後振詞林。暇日發清裁，良時慶盍簪。風迴飛宿雨，鵲乳試新陰。相賞成相遲，何妨許重尋。

程氏女汝慎孀居里門奉姑撫遺克盡婦道從姪野堂觀察爲青松以

似昨冬余蒙恩假歸省墓滿日北上屬題數語用志存省

手植青松樹，貞心好自持。早承盆盎畜，獨拔澗阿姿。桃李經春歇，冰霜終爾期。惟將難朽事，擔在歲寒時。

又題畫竹

草木多深致，此君德操全。謙恒含内美，虛直秉天然。益友平生得，清風要共傳。誰能寄相勖，林下仲容賢。

送陸根堂太史歸嘉興

井里重茅結比廬，西鄰掃逕客歸歟。余與根堂鄰並，而敝居在街東。注槽且試新篘酒，插架惟添舊賜書。不信終爲明主棄，未應便説故人踈。雙魚繼此勞相問，翹首雲間望豈虛。

清卿世德重人倫，十載曾陪卧海濱。尊甫奉常公林居時，余適卹恤歸里。但覺元經猶尚白，諒爲廉吏那辭貧。詩書要自承先業，名位何妨卜後人。從此鶯花催日課，定將明月比前身。

題松濤散仙圖應制

天籟家風作此圖，畫師臨仿儼仙都。入山深處衣裳濕，況復陰晴早晚殊。

松下時時見鶴蹤，太平雞犬白雲封。丹梯石磴逢仙侶，身在華陽第幾重。

遠壑灣環可坐迎，飄來紺乳襲人清。無端琴筑空中落，半是松聲半水聲。

題張日乾舍人望雲圖

十年校紅梨，曉踏觚稜路。有夢還故山，慈母問寒燠。醒時空庭立，默然向誰語。仰首一跂望，子舍隔雲樹。東鄰借青驪，西鄰有騏弄。好攜千里駒，爲陟高岡去。高岡不可上，勒馬陂陁駐。但見南征鴻，肅肅試其羽。秋風侵我衣，露下沾無數。有策不敢指，白雲最深處。

恭和御製秋日含經堂元韻

軒楹晝静發秋馨，最好幾餘適性靈。四卷纖雲澄碧落，百城古帙養黄寧。嵐間氣潤毫端露，松際風敲軫上星。溽暑漸消修竹外，涼生疎雨遞微冥。

恭和御製恭詣泰陵致祭發軔京師秋光助感馬上成吟聊抒愴悼元韻

金根夙駕駛如流，悲愴縈懷望陌頭。永感彌留當此際，那堪霜露又驚秋。慕深雲樹成相憶，哀助蛩螿自不謀。行殿泉聲響嗚咽，淒清入耳總添愁。

恭和御製秋麥元韻

綠似羃腰嫩似芊，平皐遠色颺輕煙。欲占夏麥看秋麥，都説明年勝去年。應候雪花須入地，先春草色已連天。三農事事關宸慮，對此能無一䵝然。

恭和御製躬謁泰陵致祭感成長句元韻

昨詣真同問寢時，禮隆諱祭復如斯。儀型儼在憑哀感，笑語如聞僾慕思。到地昔年和血淚，在天此日鑒芳巵。吾皇大孝躬爲則，悲益千官涕泗垂。

恭和御製恭祀泰陵禮畢將迴鑾徘徊愴慕載詠三章元韻

馨香至治感熏蒸，翠輦親來爲上陵。毖祀禮成凝睇立，柏間松際若欽承。

鼎湖歲月成千古，忌日終身同此悲。最是哀號風謖謖，桂漿在手未傾時。

聖情攄慕動經年，前歲謁陵後，方事西巡。上格穹蒼下九壖。明日陵官瞻掃處，泪痕猶在寶城邊。

八月二十有三日先皇諱日也前一日臣陳群扈從恭謁山陵得遂瞻

仰是日復與陪祀恭紀二首

重來修毖祀，盥薦玉禾新。長憶彌留日，況當霜露辰。慕深徵聖孝，化洽想皇仁。叫徹蒼梧野，言歸足屢逡。

漻澮松楸路，驂虬下紫煙。終天愁似海，到地淚如泉。殿寢秋雲裏，音容初日邊。攀髯因未得，延息十三年。

恭和御製迴鑾即景元韻

將歸還住睿情留，即景詩篇與素秋。廣陌馬蹄多遠思，夕陽鴉背帶餘愁。垂垂老蔓依危架，簌簌新麻浸淺漚。稌黍堆來高似屋，農家也作隔年謀。

恭和御製石門店元韻

野店疎林外，晨炊散遠煙。寒潭澄似鏡，霜葉豔於然。峽束重關路，西通太行，北通紫荆諸口。雲開八月天。居人忘帝力，耕鑿傍山阡。

紅橋移遠渡，白屋静朝暉。玉削山容瘦，泉滋土脉肥。昇平今自古，懷葛或能希。每奉鑾輿過，清風一庶幾。

恭和御製紅葉元韻

的皪明山塢，斑斕綴磵矼。畫師丹筆染，宜夾亦宜雙。畫譜有夾葉雙鈎之法。

次松泉尚書接駕長新店元韻

霜華輦路白於虹，楓葉迎秋綴小紅。岸腳河聲嗚汩㶁，柳梢月色隱朦朧。衣沾十日田盤雨，前月幸盤山，尚書曾列扈從。袖拂今朝西嶺風。同是屬車陪法從，此身來往似征鴻。

山左有秋奏至御製五古一章宣示近臣敬誌一首

皇帝御極十有三年秋，東國守土臣，報歲大收。惟水旱疾疫何國蔑有，流行迺在海岱惟青州。齊故稱冠帶衣履天下，天孫作鎮，神物示顯符。房尤叶比年木饑金穰互嬗遞，我皇敷政時用既備，修東巡守。典遵古歲二月曰惟時，其躬履噢咻之。音周叶渡河踰濟南指一千里，曰棣曰聊曰阿曰瑕邱。父老延頸仰見天子聖，强者輕去其里瘠者溝。大庖減膳敦諭急振撫，其所未見睿慮靡不周。端居宫中流覽鄭俠圖，子諒畜豫沛然其相遭。將侯叶小臣忝列扈從豹尾後，對飯不噈有如魚中鈎。親見詔下讀者感且泣，枯骨肉矣顛蹶其來扶。房尤叶包括周禮荒政十有二，歷代方策成效皆羅搜。移粟發帑動各百萬計，何用汲黯便宜市豆區。痌瘝在身哀慘忽焉遘，月馭掩鏡萬國同悲憂。皇心則戚仍念民疾苦，善後規畫申命東諸侯。方州郡縣行賞恐未偏，星言夙駕重臣高與劉。大學士臣斌，左都御史臣統勳。非惟丕冒之實又布濩，河嶽奉職百靈其懷柔。風雨和會庶草亦蕃止，民樂更生者以恬以休。萬姓咸曰予曷克臻此，吾皇庶幾其以

時豫遊。封疆大吏稽首狀其事，帝用作歌厥音叶韶簫。思留叶時惟涼風瑟瑟火西流，仰視鴻雁嗷嗷鳴東郊。居田叶

題蔣茗生歸舟酒醒圖

凝滯歸舟記別蹤，添衣獨坐意疎慵。醒來殘月柳風外，千里秋江如酒醲。
不問邗溝與白門，當年載酒月黄昏。而今頭白猶振觸，贏得新詞妓口温。
暫時別去水濺濺，計日理來花事前。自有扶輪能好士，殷勤一問孝廉船。

題鏡香居士清宵見月圖

白雲深處是柴門，夢到江南水外村。最愛相思叉手望，柳梢一抹澹無痕。
遊子心驚歲易徂，舊巢一晦小長蘆。濡毫研取芙蓉露，自寫清宵見月圖。
今夕月明成獨立，不知露下濕衣裳。鄉書緘得憑誰寄，雲外應添雁一行。

題秋江返棹圖

吴江楓葉露稀微，我亦曾爲十日歸。又到長安送歸客，潞河南下片帆飛。鏡香居士北遊時，適余奉役江右，便道假還里門。其明年，居士將歸。

題虞美人

當年玉帳別怱怱，啼頰春深帶薄紅。試倩伶人翻樂府，燈前應識舞東風。只合明珠論斗量，傷春拍手學新妝。誰將舞樣全偷去，贏得三春蛺蝶忙。

恭和御製今秋各省告豐者多既慰以懼并示近臣元韻

皇綱運方隆，張翕亦孔巨。衣食兆人謀，厥道具區處。既慰曷以懼，爲多告豐者。圖易在思艱，遠敷先哲語。治術有相通，不足以羨補。天下如一身，遐邇無異覩。陳祲雖云偏，詔書亟鎮撫。肯使勤動入，利盡居奇賈。秋省歷畿甸，春巡半齊魯。歲二月有事於東巡，八月恭謁泰陵，臣陳群俱忝扈從。先憂而後樂，凡以慰疾苦。楚孰吳會克，秦穰晉豫取。如以臂使指，非德更何詡。況乃西㸑西，軍實倍增估。九重廟算神，進止自當可。屏書豳風篇，無逸敬作所。

恭和御製茹古涵今元韻

天根月窟静中憑，理解無言涣若冰。要識朝宗滄海大，方知薈萃一人能。松筠獨賞淩寒操，卷軸真爲耐久朋。自有太和供挹取，不須丹穴問涪陵。

恭和御製九日漫賦元韻

遥天歷歷雁隨陽，村落微霜壓稻黄。叢菊隔溪香泛水，遠山捲幔鏡延光。避寒蛩語知時改，入暮砧聲到處忙。幾暇尋詩多感物，吟成無語井苔蒼。

添衣小立遞微寒，難老秋花更耐看。野鶴摩雲盤遠勢，山泉穿樹激迴湍。那禁摇落驚秋序，自有琴書討古歡。倘到香山躋絶頂，宸襟一寫望中寬。

秋杪啟事詣香山行宫松泉尚書訂宿賜園同薌林尚書清話感舊

即事得二十一韻

啟事當更直，衾裯已隨韈。笋輿出西郊，夕照上古墠。移時到園門，樹色不可辨。主人自公歸，呼童進香荈。池有當蔬魚，徑有迎客犬。懸榻猶好在，笛簟塵已展。少坐滌煩襟，往昔時一緬。憲皇重詞臣，親近誼何腆。量口給官廬，間架許自選。吾皇御極初，文治日重晛。啟沃多倚毘，鄭重等瑚璉。同舍八九人，先後得隨輦。暮歸撤金蓮，晨趨拜上膳。每當散直後，來往便清遣。發興或釣弋，汲古互考辯。彈指十年餘，衮衮各遷轉。即今慎鈞樞，諸公實所典。要思獻納難，益恧底蘊淺。剪燭結深談，相期日黽勉。涼月出林静，微霜着衣泫。夙興列炬行，戴星指西巘。

恭和御製賜傅恒經略金川元韻

和敬師穴依如聚蟺，影顧比貪狼。廟算籌全勢，勳賢祇對揚。爲霖殷傳説，决勝漢張良。能濟，嚴明衆效長。非關深鬭土，直以永寧方。奏凱收番部，齊瞻化日光。

恭和御製瀛臺賜經略大學士傅恒及諸將士食元韻

臨軒命將指荒陬，箐道蠶叢殪大酋。壉險早看憑地利，詰戎端合在人謀。感同挾纊回春色，誼重投醪拜渥流。計日班師乘錫馬，依然三接晉康侯。

恭和御製十月十三日雪元韻

入冬鎮日課陰晴，喜見同雲散玉霙。豫卜定功關國計，三日前，賜經略大學士傅恒及諸將士食於瀛臺，上默禱：『三日内得雪，我師西征克捷。』至是果得雪，誠爲先兆云。更籌豐歲慰民生。護持北麥苗應茂，培養南枝萼漸榮。曉踏東華尋履迹，觚稜寒色入西清。

天然遇物賦形初，圭璧丰姿合擬諸。驢背稍侵詩客袖，尊前漫學舞人裾。飛來空際踪無定，集向雲端意有餘。寄語征西諸將士，早傳夜襲竟何如。

題諸襄七編修高松對論圖

先生本静者，孤寄抱婉嫿。杜門愛三餘，尚友親六籍。館職二十年，飲晏謝喧客。秋泛坐月場，春遊踏花陌。天留庾信居，偶割鄭公宅。庭際揖長松，撫之自悦懌。從來交老蒼，臭味披莫逆。謂是可對論，稍拂松下石。獨坐悟忘言，寒濤落空碧。

春帖子詞

紫籞祥煙靄，彤墀受日長。東郊占物色，南正報時康。

黄支重譯盡朝正，綵仗新開耀日明。聖德天威真遠届，兩階干羽泰階平。

曙光郁郁復紛紛，百和香挼寶勝紋。蓂葉正齊春信早，要將寒臘與平分。十二月十六日立春。

奉敕題畫牡丹蘭花

誰將珥筆鬬奢華，玉琢瓊鐫見此花。首座風流黄殿講，蘭名。太平樓閣海天霞。牡丹名。

蠟膏濃拟香無力，露浥光凝冷不邪。國色幽姿皆絶調，蓬壺晴日正清嘉。

奉敕題畫紫薇花

竹素堂中籠絳紗，早增身價在金華。一從元白分題後，只合呼爲長慶花。

香生禁闥濃陰下，相映當階紅藥翻。移傍上林風露好，月鈎初挂澹無痕。

恭和御製賜大學士伯張廷玉五日一入直元韻

春朝絳闕傳恩命，星耀台衡屬老人。贊密久欽調鼎重，引年早鑒乞身頻。鄭公賜宅尊頤養，潞國趨朝邁等倫。大耋他時修茂典，禁中甎影上蒲輪。

正月十二日雪喜第五叔自寶坻至即用見示雪中漫感原韻兼寄浣桐方伯

寒如西嶺乍敷葩，積似恒河未數沙。何處高樓呼美酒，昨宵蕭寺門清茶。前一日齋宿仁壽寺。

畫幡千里音初得，浣桐信至，云在恒山郡度歲。赤縣雙鳧望豈賒。一卷新詩嚼冰雪，勝他火樹耀銀花。

偶學退之乘興去，領將張徹到盧家。夢回踏踏仍隨馬，醉入騰騰似泛槎。政好無如格功令，浣桐爲吾家出，第五叔引例迴避。官貧只合練清華。紫芝結習還應在，小閣花時遲犢車。

海風吹起路漫漫，對面方知會面難。話到鄉園情更洽，座移街柝夜添雪。雪中鴻爪踪無定，橘裏棋聲局未殘。遲暮懷人成知寄，一回凝睇一凭欄。

恭和御製召經略大學士忠勇公班師還朝二首元韻

元臣涉遠爲抒忠，草偃奔麞路已窮。拄節受降嘉鄧禹，開邊乘傳陋唐蒙。詔寬禽網方申巽，樂譜鐃歌自叶宫。不戰由來推善戰，何曾干羽尚奇功。

絶似蟭螟附睫巢，仁周化外亦并包。皇綸特錫師中吉，臣範常貞坤二爻。自擁雞竿通絶徼，争看虎旅振重皭。番苗也赴香花會，始信仙凡一徑交。

平金川頌有序

皇帝十四年二月，經略大學士、忠勇公臣傅恒既平金川，捷書奏聞，群臣稽首呼萬歲。上欽然曰：『非予之力，乃五后之德，文母之訓。』親詣慈寧宫稱賀，行慶典，布告天下。惟時廷臣咸作爲詩歌，以紀功德。臣伏考典册所載，黄帝師涿鹿，高宗伐鬼方，周文之於崇於密，傳及孫子宣王，薄伐玁狁，未有不戰而能成功者。惟《書》稱有苗來格，乃在班師振旅之後，後世言武功者，未有倫比。今金川番酋恃險搆釁，阻閡聲教，大學士、忠勇公恒，祗受廟略，師壓境，斬偵諜，嚴紀律，申六事，渠魁慴伏，無所逃罪，俛首乞命。皇上恢湯網，施堯仁，憫其窮而求活命，恒納降班師，苗至頑蠢，罔識天地高厚，焉能揣測大聖人度量，函育岍嶸異類，而革面革心，傾巢穴以奉王命，戴上將如慈父母。自推轂以迄成事，未逾七旬，膚公克奏。噫，何其神也！《易》曰：『信及豚魚。』《書》曰：『惟德動天，無遠弗屆。』非夫聰明睿知、神武而不殺者，其孰能與於斯？蔡沈言：『舜之文德，非自禹班師而始敷。苗之來格，非以舞干羽而後至。』我皇上之推仁也，以天自處，即沈所謂『干羽之舞，雍容不迫』是也。番衆之歸仁也，自動以天，即沈所謂『有苗之格，適當其時』是也。以今視昔，殆有同符。臣媿無文，未能鋪揚駿烈，垂於無窮，恭繹古今來感通之理，天人相與之際，風之自也，微乎，微乎，其信然矣。謹拜手稽首，而獻頌曰：

猗與帝文，萬寓絪緼。爾師爾君，股肱惟諧。威畏德懷，徼外其來。廣漢之羌，禿髮在唐。種人狡狂，（禿髮，訛爲吐蕃，金川其遺種也。）金川憑陆。鳥語獸居，讐仇鄰墟。天討用申，戎車駪駪。往綏邊人，後先委蛇。齟齬老師，皇帝曰嘻。匪恢我圖，任彼負嵎。而乃稽誅，曰惟相恒。一德欽承，鉞授壇登。宴餞作歌，益兵番番。廟算孔多，出自桃關。冰行雪攀，天射之山。至師殲兇，賊心受攻。摧其卬籠，（《後漢書》：『冉駹夷依山而居，累石爲室。』又卬籠註：『今彼土夷人呼爲雕也。』）隱阿嵚岑。無峭無深，回面改襟。皇帝好生，曰納其誠。相勳予旌，爵汝桓圭。載歌以晞，振旅來歸。曰惟上公，實勇實忠。神明其通，賊舞且呶。迎我旌旃，入穴出巢。總戎糾糾，（居由切。）率是豪酋。獻琛而謳，約誓既嚴。戴天心忺，日輝露霑。二月捷聞，西顧歡忻。寧民息軍，凱入春韶。龍旂展霄，皇帝受朝。樂饗賞地，中外鏗訇。大清天聲，告功上陵。僾愾薦馨，惟祖考靈。始時金川，服則舍旃。聖母命言，祇崇徽音。惟孝治心，穆穆愔愔。天筆隆隆，碑於辟廱。厥光熊熊，蜀民亦勞。今者嬉敖，既載既燾。惟德惟刑，遠人勸懲。王道永凝，泰來之詒。上下福綏，鞏萬年基。

金川納款大軍凱旋上御豐澤園賜經略大學士忠勇公傅恒及諸將士宴百僚陪列即席恭和御製元韻

詔下丹霄宴凱歸，蓬萊仙館靄春暉。樂繙西徼羌中曲，人對東風祕省薇。一德君臣同在藻，知時雨澤早清畿。皇情悦豫應無極，更勵明良贊治幾。

恭和御製題盆中松元韻

蟠拏拳曲無苟同，本性自與雲煙通。俯首低滯貞厥中，骨骼不可千喬松。葆真得一如韓終，禦攘冰雪迴虚空。盛以盆盎神鬱葱，佛鉢勺水馴乖龍。早謝剪伐師任公，自笑螻伏非通方。叶天家雨露澤正豐，松乎松乎，爾今何由答遭逢，居然老物長稱翁。益厲寒節淩三冬，輕濤寫韻致不窮。試呼韋偃傳其蹤，半丸張遇如漆濃。

題潞河歸棹圖送朱奎山中丞還黔中

木門楊柳碧垂垂，一舸輕帆南下時。祕省又逢新夏直，生憎紅藥是將離。纔見二疏辭漢闕，成行賀監鏡湖濱。同時諸老歸田去，海昌相公，東長、歸愚兩少宗伯，新昌魏小宰，俱蒙恩許歸田里。第一關心萬里人。

寄次兒汝恭二首用少陵示兒詩韻時汝恭就食文水沈明府署中。

衰白仍趨直，金川正洗兵。捷書傳織絡，凱讌會清明。是日，隨王公陪忠勇公赴瀛臺宴。遠意托豪素，春心寄古城。遥知下帷者，卷帙散縱横。

得汝看雲句，汝恭有寄懷隨兒在秭歸二首。殷勤萬里心。偶因參野闊，更覺楚江深。宵夢憑誰遣，愁懷緊爾禁。老驚春草緑，容易感微吟。

恭和御製和侍郎沈德潛紀恩詩四首元韻

福地清時冰様官，天家終惠駐蒼顔。方資化雨培嘉樹，其柰高雲戀故山。乍脱韁羈迴老驥，漫裁書札寄飛鷳。吴趨父老來相迓，白髮詞人供奉班。

衡宇春風對結廬，臣陳群、臣德潛邸寓同巷。過從每愛自公餘。早朝同引千牛仗，强飰還憑雙鯉魚。敢以文章論報稱，直教風俗返元初。恩綸特訂重來約，他日蒲輪諒不虛。

老踐容臺凛式欽，惟將本性託微吟。進文張詠邀真賞，舉筆歐陽獻古箴。爝火有明依日月，細流不擇益高深。居然晚遇抽身早，辭拜尊官笑尹愔。時奉敕校訂御製詩集。

清夢依稀指遠蘿，輕帆歸路影婆娑。寢興要自酬明聖，姓氏何妨挂澗薖。溪畔偶成招鶴咏，山中新譜采茶歌。蠶眠稻熟昇平事，會見風謡到掖坡。

香樹齋詩集卷十五

恭和御製御花園古柏行元韻

猗歟古柏，託根禁籞，既得地陰陽和會，况復葆其天。飽經勝國興廢事，朅來遭際承平年。承平歲月如春日，柏亦善養冰雪顔。唐槐漢栝豈方駕，周模孔楷行比肩。其槁非死頳非病，臞然古儒非逃禪。上清靈植有氣色，浩劫不受本性全。但聞添籌到海屋，不知人世遷徙有桑田。天家草木狀瑰異，偃蹇拔地金堂仙。一從高華發宸翰，杜甫能事標真傳。老蛟晴空作風雨，濃陰落翠霞飛丹。日升月恒見爾永永茂，臣也拜手颺言，願續天保九如篇。

山東巡撫準泰進瑞穀並圖御製詩宣示廷臣恭和應制

菽粟養人勝甘旨，綦組那如布帛美。庶草貴廡不貴異，至哉斯義孰能喻。□叶齊魯十郡獻有秋，嘉穀連疇紛莫紀。繪圖匭致得敬觀，比者如櫛貫如纍。不言諸瑞瑞自呈，鼓鐘于宫聲在耳。撙節須當豐稔年，民牧識兹者有幾。司農報歲遐邇偏，南朔東西皆似此。閭閻已見登衽席，痌瘝猶自念疻痏。三復宸章謨訓兼，包涵無逸豳風理。百爾有位庶勉旃，引恬而外其曷以。

大淩河道中

小聚不知名，曾無鷄犬驚。竈煙門外出，車轍畎中行。屋自誅茅得，田從穿井成。早忘征戰事，長作太平氓。

自大淩河至中後所道里甚長相傳力士挽强發矢計尋丈數凡云五十步者皆百步也戲作一絶句

安車著我便來去，古道隨人説短長。殘夢儘從馬上續，何須縮地覓真方。

雪夜關外旅舍聽索侍御彈琹用東坡題韓幹馬韻

屋角黯黯雲脚垂，何人韎韐調朱絲。牕紙淅瀝雪片入，朔氣刺骨如落錐。端公手法受唐侃，入室弟子名交馳。隨身焦尾付包裹，中夜一曲忘孤羈。劃然一聲海水立，履霜以足憐伯奇。澮如猗蘭遺臭味，更寫牧犢感群雌。鼓終振衣在獨賞，頎然而長或遇之。歐老論詩强解事，如畫馬者空存皮。於乎鍾期不可作，箏笛之耳那得知。寒鷄腷膊雁聲度，誰移我情成連師。

恭謁福陵

閟殿曾霄上，中原指顧中。龍蟠嚴宿衛，虎峙守遺弓。談笑收諸部，山川定一戎。即今丹史在，萬載仰神功。

恭謁昭陵

自報松山捷，曾無指顧勞。辭弓秋月滿，石馬曉雲高。真統千年接，文謨一手操。紹庭天柱近，旭日擁神皋。

望北鎮

北幹起溟渤，地軸旋元都。龍勢有亭毒，毓此醫無閭。方位秉周職，坐鎮尊虞書。成功始水德，綿亘維天樞。衙官列衆皺，望若郭與郛。静如守娩嫿，屏墻盛名姝。亦如將在閫，貔貅擁萬夫。我來雪初霽，眼纈生糢糊。立馬一瞻眺，螺髻出沐初。歛容下馬拜，穆穆聞瓊琚。

贈高使君兼寄呈東軒相公

渤海有令子，其人清且淳。相門才奕奕，戚畹儒恂恂。夕郎瑚璉器，持節當關門。我昨出塞去，送我臨海濱。馬上一扶手，酌以巵酒温。今朝入關來，遲我於城闉。解我車上軔，拂我衣上塵。豈惟念朋舊，於以敦王人。令公南駐日，還朝屬秋晨。乾隆三年秋，相公督理河道。余服闋北上，時河水汎濫，舟不得渡，艤清口數日。相公督險工，宿河干，已浹月矣。洪流溢兩涘，掀簸無朝昏。我時擕幼子，一葉河之漘。岸舟相撑撞，分當飽黿鼉。見公衝波歸，守纜增繫援。申余曰母悸，坐子以重茵。各各道起居，俯看大河奔。頃復衝波去，遠與鷗鷺群。側手爲砥柱，有如將在軍。蒼穹眷我聖，能勿閔斯民。風恬濤勢靖，額手慰勞臣。稍稍辨牛馬，帆腳我始伸。至今安瀾後，猶溯底定勳。冬夜談往事，庶使夙昔存。期君守庭訓，早歲裕國珍。努力培元氣，及時廣皇仁。

與盧抱孫太守夜話

憶昔結契東諸侯，就中最數盧嘉州。劍外歸來一夢中，見面便説淩雲遊。十年往事重回首，左幡又復移京口。平山風月入詩懷，竹里笙歌落吾手。三年匹馬輪臺秋，夜深獨立數星流。長安故人王樓山與宋，西玒思君時復一登樓。故人雲散今何有，今朝又把令支酒。轉瞬看花三十年，燈前白髮成兩叟。

自遼海還朝經北平太守盧君邀同春圃尚書小飲用蘇詩韻

東行飽看塞外山，翻身一笑令支間。雲中獨鳥比踪跡，天寒日暮知當還。去時早約來時會，政淳便卜半日閑。盧龍本是君家塞，連岡携我同登攀。十年不到曾遊地，諸生强半皆蒼顔。講堂指點皋比印，畫壁隱見秋蛇斑。明月射牖興不淺，一尊在手緣非慳。老年親串舊同輩，談劇往往成癡頑。城頭山色翠可挹，影落酒琖摇雲鬟。人生聚散兩相躡，一手空握無端環。他日重逢在何許，明朝揮袂灤河灣。

寄懷彭芝庭少司寇次謹堂少師韻

善氣冲襟想德標，南陔草木正春饒。袖中詩本淩蘇陸，門外溪流會霅苕。雙屐僧來茶正熟，輕舟客去酒初消。皇恩毘倚平反重，未要連章乞洞霄。

廢　苑

廢苑何年起郭西，一回憑弔一低迷。笙歌蕎地隨雲散，池館經春見草齊。奇石能爲遷徙計，亂鴉只管盡情啼。敗荷折葦無聊賴，强受寒泉守故泥。

哭黄海州名建中，陝西咸寧人。從余遊數歲，以選拔歷官諸劇縣，遷海州牧，卒。

奉使臨清渭，諸生拜道周。執經黄叔度，問事賈長頭。葱嶺寒攜去，温泉夜共遊。殘碑時拂拭，古寺每勾留。倚爾爲先導，維予得廣諏。紀諶徵宰府，杞梓貢方州。吏局勞佳士，官箴驗信修。理棼無劇地，借箸有全籌。桐里來朱邑，吴中識鄧攸。比羊終可牧，用卜式事。若藥必能瘳。河溢連江岸，潮災報海陬。皇仁靡弗逮，民莫孰能求。野外枯皆瘞，溝中瘠可收。兩岐方薦異，二豎忽相仇。襦袴歌何處，威儀祀爾侯。平生懷種樹，感舊汨空流。

磨房驢

日行千里，不出户庭。晝不見日，夜不見星。非蟻而旋，去聲以圍作經。一解

韁則左之，鞭則右之。韁毋我脱，鞭毋我施。由既可使，曾不使知。二解

恭和御製集鳳軒詩元韻

瓊樓簾額對青山，近接慈闈只尺間。政代天工欣就乂，歡承夏清愛餘閒。騶虞一試無雙技，鶴列旋開侍從班。雲外早迴雕鶚影，定知翔羽落空彎。

擇勝牕楹恰四當，平疇麥熟帶微黄。共驚中鵠穿紅暈，又見歸鴻出緑楊。超距騰虚星漾

彩，飲飛争捷電流光。不忘武事昇平日，萬里邊烽靖遠狼。

豈必高居倚碧嵩，金輿偶駐跡堪同。御筵溢慶稱三爵，家法欽承課六弓。桐乳晝長初集鳳，蘭池風定正懸熊。重拈舊韻題新句，不數華林庾信工。

調來蹀躞不加鞭，百技齊呈到御前。畫鼓聲移紅錦埒，堋雲陰接蔚藍天。清和賜膳酬佳日，節候飛甘沃上田。大有頻書徵悦豫，宮中步禱記當年。數載前，夏微旱，皇太后躬自祈禱，甘霖既沛，上賦詩誌盛德，内廷諸臣奉敕恭和。

題程莘田學士緑雲借憩圖

春風衛術此屋古，長桑百尺標一株。參天倚石承朝旭，緑雲自寫孤桐孤。聞説種來四百載，韓楸杜榿同扶疎。小郲舊聞失搜輯，北海夢餘付魯魚。嗟我生晚况模糊，三十年事聊識諸。往時爽塏齊相宅，奉詔授我紅梨書。前軒氍毹列兩拜，後堂絲竹飛百壺。任香谷宗伯。劉喻旃太宰相繼足清娱，我亦來往張樊如。晉公已去齊賢老，聽事今爲學士廬。春衣出笥戴勝降，輕陰作雨鳩婦呼。有時歸直庭色暗，高張樺燭聯宫裾。主人借陰還借吾，摩抄話舊退食餘。稚子學步奉楷模，花間問字列坐隅。辛丑，群爲庶常，海昌相國以大宗伯爲館師，又二十八年，兒子汝誠出學士門下，兩世皆于此謁見師長。披圖偶録三朝跡，流傳談柄供齒牙。叶一樹下青泥雙鶴在，皚皚玉立似當初。

題張鏡壑宫贊爲景菴少宰圖文待詔溪山深雪意用蘇長公煙江疊嶂詩韻

君不見，子猷雪夜棹入山陰山，湅雲墨色寒無煙。又不見，鵝毛片片落劍外，王恭鶴氅何翩然。剡耶蜀耶山一色，環山汩瀫噴玉流清泉。泉穿谷口抱澗石，轉入沙渚成平川。何人乘興意獨往，孤舟凝滯不得前。拄篷但見飛瓊落，寒碧芙蓉朵朵高插天。酒腸岑寂付寧闊，吟肩瘦削分清妍。黄精抽苗蟄陰磵，翠麥含甲膏冬田。北牖捲幔失雙耳，西嶺積素留千年。恍如乘風下姑射，練帬縞袂神娟娟。安知危樓矗立倚，天半豈無枯僧畸士猶高眠。停雲發興爲此幅，臨本出自同直蓬島之列仙。昔題原本今臨本，始信一瞥皆因緣。幾回展卷面生粟，愧乏禁體白戰歐蘇篇。

歲暮下直與汝誠夜話取案頭宋史讀之輒以共勉適有人至晉楚即郵寄弟界並示汝恭汝隨衰白景況情見乎辭

我學常之惟善耐，汝師元獻在安貧。由來自立應須早，官職何曾會重人。
書傳晉水汾河畔，夢到瞿塘灩澦邊。心似車輪常欲轉，裁書紀夢遣殘年。

恭和御製書福字詩元韻

一字真堪勵百僚，恩光長帶墨光昭。舉頭仰見龍飛勢，雙手親扶鳳翼超。珠斗奎章懸朵殿，椒花柏葉供正朝。吾皇嚮用傳家法，始信惟堯克繼堯。

恭和御製上元燈詞元韻

生綃輕剪簇冰鱗，芳卉仙葩幅幅新。天上人間同此樂，風光合作一家春。

堯年三五逢三五，恭紀十五年上元也。净徹琉璃一鏡盈。雪霽千林燈映雪，蓬萊圖畫十分明。

首春喜作傳柑會，詔許廷臣上集仙。更赴鼇山踏煙火，香韉衮衮寶車駢。

成行直似聯珠斗，散彩分明出洞霞。天意長躋仁壽域，太平風日更寧嘉。

吾皇孝治邁前論，仰體慈闈逮下恩。萬壽燈前春賜宴，一輪明月擁金軒。

出水魚龍戲更奇，四時花氣發芳蕤。皇心到處深乾惕，鄭國無勞上十思。

曉出西郊

細馬不沾塵，西郊踏早春。雪添溪水漲，煙入柳條新。薄酒能留客，輕寒亦中人。連朝有封事，未覺往來頻。

顧用方總制有夢中遲松裔侍郎不至得句云松披雲半嶺人立月三更醒而續成六韻並繪圖以寄松裔邀余同和

結想遂成夢，夢成詩未成。美人隔千里，明月正三更。是畫皆真境，無思豈至情。雪泥鴻半爪，松路鶴前程。我亦忘形者，對之一笑清。流傳托雙鯉，江國寫遺聲。

奉敕恭製定太妃九十壽詩

筵開廣殿會群真，天上恩暉展懿親。内職敬修崇四德，婺星焕采慶三辰。萱榮北館風光麗，蘭發南陔次第循。最是宫闈傳盛事，齊眉膝下古稀人。

奉敕題畫

雲濤松吹

雲海自生濤，松風亦成吹。遠揖廬山高，近接田盤翠。看雲還撫松，林棲足高致。

草閣清陰

新林雨乍過，修竹風初瀞。十笏延清陰，數椽接山館。獨坐悟忘言，翛然寄散誕。

夏山落照

霞翻石壁紅，景掣山村黑。衆争殊陰晴，遠意不可極。山農背已頳，此焉或少息。

煙嶼溪亭

溪邊多種柳，柳外結一亭。煙光澹容與，草色摇空青。風來到鼻觀，猶帶鸕鷀腥。

松巘濕翠

嬰嬰高松寒，虢虢衆壑赴。山翠與澗碧，深處疑無路。愛聽雨後泉，扶藜過橋去。

煙渚賓鴻

高鴻塞上歸，來趁秋塍熟。葭翻渚勢寬，雲斂山容束。此間少繳矰，何妨寄鳴宿。

溪山積素

瑞雪兆豐年，萬壑看積素。但聞隔林鐘，不辨入山路。松下見青泥，歸鶴此焉步。

疎林澹靄

近林何蕭疎，遥岑亦偃蹇。倪迂不可作，尺幅傳真本。置身喬松下，徙倚矚平遠。

雲壑晚鐘

山静日似年，雲深晴欲雨。鐘聲出雲表，山半自成聚。忽憶嚴灘遊，披裘揖漁父。

溪橋青籟

天台得門户，異境愜幽尋。石橋憩仙侣，寂寞懷知音。青松與翠竹，都識歲寒心。

村舍青蕪

鳴禽移佳節，柳色暗春原。不知塵氛染，但聞雞犬喧。薄遊一相訪，中有朱陳村。

層巒煙雨

米公作横卷，潑墨露奇勢。雲西一訪之，峰嵐見三四。願作霖雨姿，永普人間施。

荷渚清凉

愛此林塘幽，荷香净無滓。閑雲牕外生，宿鳥花中起。絶似峼山湖，一鏡清見底。

雲屏晻靄

秋巒滌餘靄，暮色連衆壑。山静晨自稀，扃户甘寂莫。只待鶴歸來，悠然下雲箔。

林屋延清

白屋結雲中，曲折松杉裏。泉石據勝絶，二林庶可擬。獨往動彌旬，香山老居士。

晴嵐飛瀑

人言看瀑水，好在秋晴時。結廬最高處，觀聽無不宜。但吟李白句，莫笑徐凝詩。

六月廿有四日出都途次即事

望晴如望歲，乃在積雨後。晨興理行篋，群籍聊檢舊。老馬畏長道，臨走還戀厩。同役有諸子，引翼以相就。雲開見遠峰，途改失近堠。不覺泥濘沾，所欣禾黍茂。井廢翻新瀾，池陰荒宿漚。時潦本無根，來疾去亦驟。從兹天日高，火雲千里覆。深宫默禱頻，感格神所佑。豈教憂旱釋，轉使愁霖又。

次史西山編修韻

纖絺新浣試長征，夾道鳴蟬報暑晴。一自昨宵同被命，争傳曲巷有餘榮。西山與予邸寓鄰並。衰齡笑我先秋物，箋羽看君萬里程。種樹廿年參化理，敢隨腳跡説師生。

新城旅舍暑甚步至龍興觀納凉作

郭外向西街，有屋安行旅。落日炙板扉，如魚輒投釜。煩歊不可耐，緩步近村塢。石橋訪仙觀，談笑一揮麈。緣垣薜荔深，被徑苔蘚古。松壇自違俗，棋局堪逃暑。散襟上香臺，席地依潤礎。稍稍延清風，興至忽軒舉。行行止宿歸，何妨逐田父。旅次且小安，無心問清酤。

叔度與予同出國門既渡涿水知予將與西山前去以長歌遺西山篇中及賤子獎讚逾分固不敢當至極道西江山水之美殆詡其所有以窘迫我也白侍郎答微之詩序云微之將欲窮我耶兵法有置之危地而後存者仍用元韻示之於是詩亦云

陛辭出都卜日同，同日召對明光宮。昨宵先後渡涿水，野航遥望河之中。倚舷仰面一舉手，君往浙右我江右。驅車未及計程途，立馬還須問晴否。驊騮先導路更岐，廣川南下東復西。年豐小市雜絲竹，暑風聒耳歌柘枝。雨腳欲散還未散，雲物變幻何多奇。雨餘喜見百穀茂，迎人野卉含芳蕤。計日我入黄梅路，君當伐鼓江之湄。文章於道未爲尊，取捨往往關淳漓。擷芬掇秀各有致，筆花何人夢見之。豫章不少千尺榦，江國亦有黄絹碑。笑予衰白目既瞀，蠅頭憑仗雙玻璃。鍾期已去伯樂老，落落千載空相思。采桑陌上宿瘤嫁，白眼行見遭蛾眉。君今鶴立騷壇上，咀嚼宮羽調清吹。頽波要自斥俳諧，濫觴況復憎癡肥。楚南太史歐陽裔，行輩年齒相肩隨。大邦作貳三學士，一時御筆皆親題。敢誇昔者所手植，我真慚愧爲人師。浙江、江西、湖北三省考官，同日命下，余與叔度、晉川爲正考官，而以學士王君秋瑞、編修歐陽瑶岡、史君西山貳之，蓋異數也，三君皆予乙丑所得士。依聲聊且道所見，如書代面非歌詞。勉旃行矣慎自愛，炎風暑雨侵旌麾。六龍秋巡二千里，歸來執手尺與只。輶軒採風報大有，惟其有矣是以似。

方州貢士重南服，略存典故其視此。要將國器比璵璠，肯向公門説桃李。

與鄭荔鄉太守二首

典郡歷齊魯，南樓此絶岑。清風故人面，舊雨十年心。何遜詩名早，文翁經術深。使星行返旆，應許共登臨。

扈蹕東巡日，春風瞥眼過。指囷頒漢詔，飛粟輓清河。元氣今來復，恩光況正多。拊循良守寄，善後更如何。

題孟氏林亭

問訊鄒東郭，星軺此又停。竹梧連漢碧，凫繹捲簾青。古井通泉脈，清絲閟石經。移時喧濁散，隨意步林坰。

自臨淮至廬江凡三日得八絶句聊誌田家風物云爾

十歲爲農五歲虚，坐看淮水嚙田廬。私逋未了官逋迫，纔放鉏頭便打魚。

少婦裹頭不裹脚，老犍宜服亦宜泗。連朝打得青苗醮，白紙家家掛草頭。

疊成石匣呼爲廟，剪得茅茨便立家。早稻收時還種麥，兒童多解拜神鴉。

觸熱行來解馬鞍，稻畦要濕豆畦乾。官人那識田家活，一樣農功兩樣看。
始信三農致不齊，登場遺穗啄黄雞。尚留半畝方池水，要待新秋灌晚畦。
一日輕陰一日晴，每將百里課官程。笋輿侵曉經過處，愛聽池塘放水聲。
行來暑路踏瓜田，瓜蒂分明有蔓牽。下馬摘瓜聊解渴，啖瓜還子不論錢。
一輪曉月挂城頭，城上嗚笳報早秋。港水也知忐小吏，至今嗚咽不能流。

謁包孝肅祠

古郡城南路，清風包老祠。神明留案牘，井邑祀威儀。慶曆多君子，斯人亦我師。重來仍使節，下馬薦芳蘼。

貧士歎

當午策官馬，道出彭城東。道傍有古寺，寺門閟青松。下馬息其陰，一叩闍黎鐘。到門聞書聲，垢面八九童。問誰實師之，傷哉貧士裹頭長歎於其中。問之何爲爾，但坐黔婁窮授徒，三十年有此一畝宫。河伯赫然瞰，震怒我則逢，屏翳既羅列，電掣驅豐隆。雨勢已傾三峽水，蜿蜒猶見雙蒼龍。須臾平地八尺水，妻孥急走抱樹欲上無由從。村稀户少絶捄援，木牀捆載扳其杠，與波上下如振撞。漁舟一葉忽飄入，性命得保呼天翁。潢潦無根水既落，秋漲入壑聲淙淙。同時被水命不同，家家完聚仍爲農。數椽散入洪濤去，池邊柳絮風前蓬。至今頹垣廢竈上，鸕鷀白鳥來雙雙。我聞貧士言，贈金出箱籠。古來失火有賀者，我今賀汝汝其應。叶戾。廖可炊牛可飯，鬱鬱居此真何庸。方今天子正明聖，搜羅績學起滯壅。蹇驢直跨長安道，河伯其能躡汝蹤。貧士撫掌笑：吾目不眩耳不聾。通塞信有命，古來造命無良方。叶失水遇火皆可賀，要避河伯遭祝融。不如都都平丈滿堂坐，且寄古刹隨飧饔。我聞其言三歎息，仰天稽首叩大空。億萬生靈不獨一貧士，如此處置公未公。

古刹納涼次西山韻

大火流已西，炎官令未退。客襟鬱不舒，書卷徒捆載。舉頭睇崇岡，古廟矗陰晦。碧瓦穿鼬鼪，墻垣況久廢。欲躋我足蹇，欲上馬蹄礙。笑拍兒童肩，便踏陂陁背。遥山列如眉，稽名信終昧。一樹庇十人，豈異甘棠愛。於以盪煩喧，直欲捐細碎。遠鷺入江雲，高鴻落楚塞。始知宇宙寬，小憇天所賚。此致何可忘，作詩紀同隊。少焉到郵亭，寂寞誰與對。

秋夜乘輿山行至桐城寄姚編修張明府

笋輿如小广，移作山中居。居亦復不惡，行行更何如。十夫將之去，所見遂各殊。衆星隱遥樹，明月照清渠。當流激澗石，歷磴攀岡窬。松根蟠若級，沙路平如鋪。露華泫百卉，稻香披千畬。選勝乃得勝，戒僕爲停輿。停輿縱遐睇，清風生衣裾。爽氣發靈竇，崖谷浸空虛。出塒雞喔喔，負擔人喁喁。木末見雉堞，徑轉仄更紆。日出當朝饔，館我於城郛。所思不可見，獨立一踟躕。只尺同千里，何況天各隅。踟躕且前去，計日經匡廬。采芳渡江汀，秋深還帝都。終期一執手，珍重比璠璵。

太湖縣次韻

似鏡清流曲曲，如屏翠嶂重重。香稻年年早熟，不知古有乾封。

處處平槽新釀，家家蓄水深潭。白髮重來江北，星幢又過山南。

黄梅口號二絶句

選佛場中語逼真，千齡一瞥隔天人。當年已老今還少，要養菩提堅固身。

眼底紛紛説祖師，幾人忍辱幾人癡。重過破額山前路，又是村春正熟時。

渡潯陽江有序

自黄梅至江干，謂西山曰：『若今日渡江，明日曉經廬阜下，就東林飯。飯後散步虎溪，酌智慧泉。從西林上肩輿前去，不亦善乎。』時日將暮，風水未順利。太守劉君殿虎、明府高君宜堂飭所司具牲醪致祭。禮畢登舟，方鼓枻，風從東來，揚帆截流而渡，入江州城，則夕陽猶在山也。西山有詩紀之，即次其韻。

自笑行人願更奢，到來臨晚唤船家。誰知天使雙星節，穩似張騫八月槎。老去無端憐骨肉，夢來定許過湘巴。時舍弟官秭歸。中流西望烟波渺，幾點風帆一片霞。

東林寺次吴眉菴少司馬題壁元韻

古原路轉隔江天，九疊屏風對面懸。隨意入林呼作社，偶然卓錫便名泉。聲聞何處非長笑，著相幾曾見白蓮。我欲躡雲登絶頂，招同五老話尊前。

廬山雲海歌次西山韻

按查他山先生曾作《五老峰觀海綿歌》，中有『移時騰湧覆八埏，四方六幕一氣連』，與雲海相似，存之以備觀覽可耳。

三年兩見匡廬峰，一峰一朵青芙蓉。瘦削或如高僧面，婠嫿絶似静女容。昨來二林得少憇，萬壑笙竽落幽吹。夢遊天姥猶作吟，我今非夢能勿記。昔聞南斗應壽昌，兹山傍插斗外呈蒼蒼。谽谺湏洞各鬥巧，會合如海何洋洋。西行兩日只隔尺與咫，今朝雲勢奇莫比。太史占雲顧我笑，昔所願兄今殆是。峰腰復堆百疊山，洪濤如屋皆翻瀾。芝蓋童童怒象走，之而矯矯翔鶴盤。楚江南去山六六，雲蒸霧濕蔽厓谷。天哀龍鍾窮退之，曾使伸眉豁兩目。羅浮天都古稱雲海窟，山人旦暮看亦熟。我行且自喜，兹觀何壯哉。空中如聞江妃笑，千堆晴雪霏皚皚。又似萬斛落葉亂山澗，山僧齊力掃不開。此時秋暑應頓釋，此身況爲王事役。移時唤渡波青溪，遥望雲中舉手别。相門令弟列仙班，期我深秋芒鞵布襪信宿諸峰間。

附原韻　史貽謨

我昨來見匡廬峰，倚天無數青芙蓉。江楓掩抶望不極，山腰披絮雲容容。東林飯罷得小憩，草堂萬壑聞松吹。五老鬚眉罨林麓，夢中惝怳猶能記。今朝策馬出建昌，道旁依舊山青蒼。爛兮如銀白如練，俯視一氣何茫洋。中流相距才尺咫，百道飛泉寧可比。彭郎湖口接兩姑，拍天泱漭無踰此。諦眎却是雲涌山，蓊然嘘吸生微瀾。匡廬落我芒鞵底，磴道迴望高盤盤。吾聞天都之峰三十六，六六蓮花粲巖谷。文殊院裏夜中看，雲海奇觀炫心目。黄山於我只鄉邦，足未能履耳曾熟。兹山雲景亦幻哉，一碧萬頃光皚皚。雲爲車兮風爲馬，真教颯爽心神開。徘徊瞻眺那能釋，江山清空我行役。山花可擷雲可囊，馬首匆匆倏言别。作詩紀實留班班，何當扶筇掣榼坐我萬仞丹崖間。

黄吏巨儒年八十餘執事試院甚勤示一絶句

桂籍憑伊腕底傳，白頭從事地行仙。自言作吏中書省，曾侍朱衣六十年。

香樹齋詩集卷十六

中秋日雨後協一堂閲文彭樂君方伯李蒼厓前輩各遺桂一枝贈謝一首呈同事諸公

雨後江城月半廊，兩行銀燭正高張。重擕天上吴剛斧，斫取人間鷲嶺香。要與佳文增氣色，肯同衆卉門芬芳。夜來試院茶初熟，手摘瓊英帶露嘗。

丁卯秋校文於此樂君方伯手植桂樹十餘株於檐下今秋復來見有作花者喜而有作

種自月中下，根從廬阜收。樹人還樹木，名士起名州。得地應先長，看花正及秋。三年重一見，高出老夫頭。

贈蒼厓前輩二首次西山編修韻

棘院秋深曉撤封，仙舟憶別語從容。知余捲旆歸江國，遣吏攜尊過玉峰。卯秋，予自浙還朝。

今日重聯藜閣火，當年同聽竹林鐘。早期樊口晴川畔，笠屐相逢拄短笻。先生置宴餞於草坪。

信天要自保吾真，明月應隨萬里身。九派江流歌惠政，八磚花影揖芳塵。陰鏗詩法誰當賞，薛復交情定有神。同在太平無事日，山林鐘鼎屬伊人。

盧山桂有序

王孝廉昑爲余丁卯所得士，己巳秋没於京師。又明年，余再主豫章試，其夫人高氏遣僕嚴雲問余起居，且請一言訓其遺孤有嘉、有禎，因仿白太傅《盧山桂》示之。時乾隆庚午九月十日。

手植盧山桂，秋香發新條。西風忽摧折，孤榦隕霜朝。天道有冥晦，人事感飄摇。月中傳其子，雲裹護新苕。培扶洵非易，如農守良苗。毋使稂莠害，是薅而是藨。老參種樹書，榮悴非所料。寄言孟氏母，明訓及垂髫。

予再典豫章試事竣林青圃學使楊卓菴總戎彭樂君方伯徐階五觀察李蒼厓參政施棠村蔣安亭兩副使邀同史西山編修阿補堂大中丞集百花洲酒半大中丞指壁間石刻謂予曰此居士三載前集此敘事詩也今日之會不可以無詩盍依前韻爲之遂援筆以賦時乾隆庚午九月十四日

古亭深穩坐秋塘，石作屏風樹作墻。人影隔簾多入畫，歌聲到水自生香。候蟲嗜好老酒癖，春蚓欹斜拙未藏。翠幕紅筵燈匼匝，風迴舞扇遞微凉。

繞砌秋英點點斑，天教勝地占蕭閑。皇恩只許經旬住，星節何妨一再攀。如掌平湖高士宅，當頭明月故人顔。不須更上滕王閣，已見江城雨後山。

寄懷尤溪干静專明府

南劍雙魚躍玉津，情知范甑已生塵。宦遊喜近毓賢里，禄養須珍負米身。不敢廢書方是學，未遑將母豈辭貧。閒來試檢循良傳，期爾名齊十六人。

與趙虛齋太守話舊

記得先朝宣諭日，我曾擕節入西秦。偶逢雁塲街頭客，許作南宮宴上人。到處劍牛能化俗，十年琹鶴自隨身。玉堂舊侶如相問，爲説廬江太守貧。

渡潯陽江閲京兆題名知籜石被放悵然有作

敢説吹噓便上天，九方千里亦論緣。早知仍在孫山外，悔不重遊廬阜邊。紫蟹黄花尋臭味，哀蟬落葉動詩篇。文思天子求經術，旦晚延英有詔傳。

十月十五日茌平道中馬上見遊絲作

飄揚不定本無根，山茌風光帶草温。將斷復連横碧落，欲高還下近黄昏。乍粘短鬢微微白，初著征裘滄滄痕。若可穿針成錦段，乞將幾縷付天孫。

聖駕幸豫詩謹序

臣聞王者應期，受籙典，重時巡。君子凝命迓庥，禮隆肆祀。成周相宅，卜澗東而瀍西。嵩岳鎮中，標太室與少室。車攻之營洛邑，建武之超大河，莫不鋪張鴻藻，締搆皇衢。

然所及有涯，豈稱無外。選徒建旐，僅存吉日數章。式服增基，曾述東都一賦。欽惟皇上仁包萬彙，心普群黎。布序則五行順成，宣精而三光炳爚。梯航重譯，占中國之有聖人。干羽兩階，知帝廷之尚文德。犁眉黄髮，思祖澤又仰文孫。靈嶽奥區，效奇珍還修五瑞。時當秋仲，實山呼萬歲之辰。候届西成，諏駕幸中州之吉。行宫經始，歡洽子來。内帑早頒，工成響應。奉慈闈而規子舍，義取温飭壽安。仿勤政而拱宸居，道備宣明含德。務法祖以昭儉，不勞民以妨農。薄税緩征，如春風之披拂。省刑肆眚，比冬日之暄熙。誠格而人悦神歆，享獻而薄來厚往。較射於矍相之圃，鵠暉重圓。閲武於大梁之郊，鉦齊七伐。笙簧酒醴，極逮下之多儀。筐篚元纁，沛自天之優賚。嘉熙賓而覲群牧，歌湛露復咏蕭斯。犒將士而及輿臺，感動雷亦稽厥角。至於玉梓潔灑，奉聖母之歡心。雲牖披章，稟皇衷之睿畫。展卷於萬幾之暇，恬吟子旰食之餘。一字褒而幽闡懿揚，萬毫力而鶴翔鳳翥。莫不樹規矩於人倫之至，探圖書於河洛之源。是以溯積石距龍門里二千餘，榮光上燭。自休與至大魏山十有九，肸蠁旁通。臣才謝鄒枚，職趨禁近。得叨扈從，方居橐筆之司。今年五月，奏派隨駕諸臣名，臣亦與焉。旋奉絲綸，復有持衡之命。偶違豹尾，跡依磊落州邊。來赴鹿鳴，心企轘轅坂畔。同犬馬之戀主，縮地無從。效葵藿之傾陽，披忱可獻。歌吟盛事，十分未得其一端。紀載省方，遡聽終殊乎親炙。倘塵乙觀，龕備戊籤。臣陳群幸甚幸甚，頓首頓首。謹序。

昌期萬國應呼嵩，于邁時巡典禮隆。太室諸峰齊北面，升中天子正天中。其一

嵩少靈鍾祝嘏純，慈闈色養奉安輪。太平天子親扶侍，陋彼東征作賦人。曹大家《東征賦》，述入豫風土人物。其二

禮稱必告正秋烝，雲物周畿瑞氣凝。孺慕由來徵大孝，東陵瞻謁又西陵。其三

仁周補助有先圖，供億何勞民力輸。一粟一絲須少府，今年仍予賜田租。其四

穿楊祖烈本天然，入豫大路傍，聖祖曾駐蹕，射樹飲羽，至今想見神武。弧矢神威振八埏。一自騶虞和玉節，咸欽聖武有家傳。其五

行殿高門枕澗瀍，長塗牟首與雲連。驪珠顆顆驚天筆，不數蘭臺賦五篇。其六

傑休兜離奏四夷，行廚讌饗湛恩時。勤民聖主仍宵旰，萬國封章五夜披。其七

指示河防睿畫周，龍門曲曲導中州。允猶有詔巡南服，明年南巡，上親視河工。豫境爲黄河上流。先見榮光燭上游。其八

東都士女慶無疆，共説昇平日月長。鯢齒皤皤環輦路，願將眉壽奉君王。其九

驛路黄梅楚豫分，騤騤四牡策斜曛。六時凝睇惟瞻望，十二閑中覆裔雲。其十

廬阜尊南應斗魁，李白詩：『廬山秀出南斗傍。』懷柔列辟拱靈臺。昨從五老峰前過，云自嵩高獻壽來。其十一

回鑾小憇有卷阿，千里康衢擊壤歌。傳語諸侯歸奉職，六龍朝渡滏陽河。其十二

恭和御製登華蓋峰歌元韻

未聽海客瀛洲談，李白詩：『海客談瀛洲。』尋奇攬異休與南。《山經》：嵩山在休與南。吾皇時邁典禮參，雲罕拂拂飄風縿。百神呵護民心忺，禮成陟巘留清探。玆峰高大冠中嵒，中次十九無不函。邢昺云：『嵩山在中之次，以高大爲名。』岧嶢巑岏勢欲添，霞擁樹絡標晴嵐。惟聖靜壽樂且耽，山與仁遇山無慙。解以怡然會以恬，元氣蓬勃惟所堪。如企如翼如削巉，圖經註漏皆不凡。宅中毓秀六合咸，以土配德非森嚴。仰尊一人弟子男，聖母停輿香凈拈。神光似簇浮圖尖，瑞靄郁郁萬木含。散作芝篆襲衣襟，叶曰湞曰洞曰谺谽。縈繞河洛中仍窔，實者布濩空者嵌。每於勝處藏精藍，變見融結百草醃。四時佳氣景物兼，況感德意溥旣覃。如以袈紫被瞿曇，昭回所及伏怪險。叶陋彼天柱稱皖潛，篤生申甫調梅鹽。涼秋新寒肅千巖，霜楓露槲顏欲酣。寄松古檜垂毿毿，六龍北指回天驂。驌黃駝絡驪駓驔，轘轅坂峻迴層嵁。豈惟天孫魯是瞻，天中式序失可覘，東西朔南同列三。

恭和御製恭奉皇太后南巡啟蹕近體言志元韻

勾萌應候義從辛，剛日躬親重十倫。前一日，上躬祀先農壇祈穀。大輅禮成傳夙駕，璇輿歡奉舉初巡。勤勞直體天行健，涣汗先期巽命申。既許仰瞻咨爾衆，還將減從慰吾民。勸農自與豳風會，履畝常思無逸陳。貸罪圜扉歌再造，蠲逋蔀屋慶回春。閑中旗影風前裊，郊外山容雪後新。扈從末行今有祝，歲書大稔記頻頻。

恭和御製良鄉行宫元韻

梅萼未敷香在嶺，蘆芽欲出緑摇江。皇情爲踐南州約，閑詠初程坐晚牕。
新舉寧辭玉趾勞，省方問俗豈遊遨。南岡多少知名士，孰是文豪孰賦豪。
欲驗蒼生歸我闥，便從赤縣見輿情。曉來祈穀占雲日，上帝居歆鑒至誠。
計程一月到江南，紫綻紅苞緑更酣。花似錦時香似海，莫將繁縟掩清探。

恭和御製良鄉行宫侍皇太后宴兼陳火戲元韻

東風小勒放春遲，爲奉慈輿緩緩移。水驛山程從此始，薄寒輕暖總相宜。上元月朗當頭夜，萬壽燈燃第一枝。方物擕來供色養，太平曲奏太平時。

恭和御製聞山東得雪元韻

報雪封章自魯齊，行吟志喜得新題。玉妃試舞飄何處，柳絮因風忽遠兮。二麥及今應有望，萬家舍此更何徯。回思侍從春深日，十三年春，法駕東巡，臣陳群忝列侍從。豈獨皇情感愴悽。

恭和御製上元前夕行營觀煙火即事元韻

坐參生滅有何常，元夕先呈百草芳。迸落千條蛇起蟄，劈開一線電流光。天廚洗腆供甘旨，仙樂宫商奏大章。夜際月明空萬象，田家景物有真香。

恭和御製趙北口行宫作元韻

行殿無雕飾，蕭疎意自妍。土階臨水面，黄屋駐溪前。宿鳥當牕起，春星帶樹懸。回鑾仍到此，擬進網師船。

就隄規隟地，夾岸水分明。恩澤沾來舊，漁樵閑裏評。清吹魚欲聽，火樹雀頻驚。夜色虚明月，悠然動遠情。

恭和御製鄭州道中元韻

一行官柳一條橋，守凍漁家燈火遥。明鏡光中聲細細，近河田裏水初消。

柳眼未舒春未媚，一鞭齊下南征轡。東君未放百花開，似會吾皇探梅意。

南望青齊縹緲間，春雲浛浛水環環。宋家設險徒勞爾，宋時引白溝諸水入淀，倚爲巨塹。瀛鄚何曾見一山。

月漾寒暉浸舊城，信天水鳥自呼名。天顔願得年年見，長慰康衢婦子情。

恭和御製再和沈佺期望瀛州南樓韻

蹕静經古譙，春露垂丹霄。緬彼詩人躅，俯仰真成寥。南池與東郡，繼此隨煙飈。當時擅場句，叉手題星橋。至今傳沈宋，高唱千載遥。香徑一再尋，憺然净塵囂。皇情信云怡，臨風發清謡。

恭和御製燕九日觀燈元韻

白雲觀外凍雲濃，煙火長安雪片融。聞京師是日得雪。此日秧歌騰冀野，當時笙鶴馭罡風。十千界裏銀花燦，五百年來燈盞紅。令節從今説燕九，穀登麥熟萬方同。

田家春酒十分濃，恰爲迎鑾氣更融。報社鼓連祈社鼓，落燈風接試燈風。仙擕邋遢張邋遢與處機同時訪道，後皆仙去。來空碧，人立鞦韆唱比紅。里近毛萇詩派在，至今鴻爪許誰同。臣視學畿輔，曾於雪夜集諸生講學論詩於此。

恭和御製曉行元韻

六龍神駿白於銀，雪浥輕塵輦路新。一片丹霞天上曉，數行温詔域中春。越阡度陌遵周道，望岱逾河舉舜巡。縱有單寒縈睿慮，相看俱是太平人。

恭和御製過景州元韻

便訪空王致不孤，法雲遍地有金鋪。時上少憇塔下。光明直照貪癡衆，胞與真同民物吾。

恭和御製入山東境元韻

風轉車鈴摇遠樹，日移塔影落平蕪。廣川又駐巡方旆，陶詠詩篇寄此娱。

路入青齊接廣川，當時賜履極令燕。曉風漸起高低樹，野雪全封上下田。汗雨袂雲資衍沃，雞鳴犬吠近人煙。東山父老欣瞻仰，多説天顔勝昔年。

恭和御製過德州元韻

迤邐康莊曉日懸，馬頭幾縷是齊煙。圖南健翮看軺軑，直北飛檣此接連。政裕富强籌府海，治規清净想金天。行行便出平原道，未了青應到面前。

恭和御製平原行元韻

邯鄲圍益急，趙勝請南行。坐上十九人，炙牛鬥酒尊滿盈。囊中有錐末不見，三耳之辯非人情。區區毛遂何爲者，動以利害感以誠。兩言頃刻樹奇烈，餘子往往因人成。胥靡可賈馬骨售，相士聲價無定評。世間有絲綉不得，勝也倜儻千人英。荆卿劍術惜未講，六雄先後朝秦嬴。仲連天下士，結舌耻帝稱。功成不肯佩相印，黄馘槁項事春耕。

恭和御製閲本元韻

晴牕近幾午餘開，日下封題踏雪來。政好八埏其又矣，時清庶事亦康哉。静如鏡朗無疲照，斷若神明仰睿裁。拜篆百官同此日，首春行帳記初迴。

恭和御製齊河道中作元韻

吾皇高居深宫日，小人之依靡勿悉。况今夙駕來青齊，噢咻如入農人室。三年兩見事不同，昔閔災祲今樂豐。願民無忘昔日苦，男無荒作女廢功。男丁女口知聖意，縱有金饑吏不諱。不見行春第三日，躬宿農壇受天賜。皇心何曾遺一民，見齊説齊誠齊人。即今封章報亦頻，八埏風物皆還淳。

恭和御製恭依皇祖南巡過濟南韻

立馬齊河望會城，馬頭曉氣有雲生。髻堆雙翠仍相倚，謂華、鵲二山。脉發諸泉自不平。犬吠無勞愁土滿，豚啼便欲祝篝盈。明朝東去行瞻岱，輦路真如長卷橫。

恭和御製過泰山恭依皇祖詩韻

清蹕行將趨楚尾，翠華憶昔到峰頭。雲開六六云亭列，雪霽暉暉衆皺浮。柏影參天存漢郡，槐根離地識唐州。宸章繩武光千古，封禪曾無一字留。

腳跟自立長伸地，眼界難尋最上頭。但覺泉聲時濊濊，遥看草色已浮浮。晴光匹練飛千里，分野中峰跨幾州。度嶺鑾輿應小憩，侍臣勒馬一淹留。

恭和御製望岱廟元韻

由來元始自昭亨，出震青陽四序成。俯瀆朝宗呼作弟，秉桓同列尚尊兄。威靈職奉驅先路，長養風催事早耕。時邁告虔典禮重，玉虬會見下三清。

恭和御製渡汶水元韻

汶流如帶滙爲津，橋道中分輦路新。風印沙痕疑作篆，日融冰纈漸生皴。薄陰天氣宜行客，帶雪春林不動塵。昔侍鑾輿曾度此，餳簫杏粥記前因。

恭和御製喜晴元韻

喜見朝來雪後晴，天公特地爲催耕。馬矜緩轡知初暖，雀試新聲亦向榮。官樹遠含餘靄澹，征袍漸著軟紅輕。大江南北提封吏，負弩東郊取次迎。

恭和御製望蒙山雪色再成元韻

連朝寒色有雲同，霎靆山容積素中。玉輅乘時來北闕，瑶林呈瑞見東蒙。井廬誰識顓臾俗，父老猶有太古風。更喜土膏滋覛起，清和回輦課田功。

恭和御製雁元韻

豈爲春遲到亦遲，稻粱謀穩更何之。數聲雲外初沉候，幾點山腰欲度時。古寺疎林聊一瞥，戍樓殘月總相宜。就中不少哀鳴者，念爾劬勞動睿思。

恭和御製郯城道中元韻

山如馬耳露雙尖，蒙、嶧二山，在縣境内。即事詩成信手拈。要慰黔黎瞻日彩，特教黄屋上雲幨。農桑樂業今初復，工賑收貧昔屢添。此是吴頭秉禮國，時清司牧酌寬嚴。

恭和御製入江南境元韻

河流解凍恰行春，春水江南第一巡。軌瀆效靈尊舜典，康衢忭舞識堯民。盈寧已見疇咨豫，疾苦猶煩清問頻。纔入徐方復東指，迎人花柳正鮮新。

恭和御製恭依皇祖示江南大小諸吏詩韻

太平百年餘，衣被遍澤椈。皇祖明訓垂，官箴義可剖。捧持亦敬哉，吏道貴恒久。我皇巡南邦，發軔諏春首。孝治遐邇瞻，暖輿奉聖母。維時百草荄，農將事南畝。江北即江南，疆吏來恐後。粤稽古巡典，于以覘所守。醇風扇婣睦，勵俗先孝友。豈惟凜率由，實欲躋仁壽。有土期勉旃，夙夜遑敢負。

恭和御製宿遷道中作元韻

曉隨雲罕邁時巡，雪印輪蹄碾作塵。豈少撈蝦當蔬菜，不妨編葦得比鄰。峒峿驛外雞鳴早，耶許聲中帆影頻。一自殘書付歸橐，至今祠賦有傳人。用枚乘事。

恭和御製見新耕者元韻

綠蓑著雨聽無聲，初試春犁劇有情。農事動關明主念，麥畦來勸野人耕。易田自古稱兼獲，勤作從來是早成。行見柳陰鳩拂羽，量晴課雨有閑評。

恭和御製惠濟祠元韻

蒼水丹書信可憑，人言川至日如增。惠通估客神之力，濟協天倉職所能。銀漢源長知有自，金隄工固不加興。皇誠默禱邀多福，既靍牲牷又潔蒸。

恭和御製賜沈德潛元韻

檢點奚囊付好春，遊山雙履老逾親。要辭金馬門前侶，長作耆英會上人。手寫詩篇祕林麓，心知格調壓齊陳。紛紛紅紫邀宸睠，獨賞寒梅與翠筠。

恭和御製清江浦元韻

清敵黃流滙作濱，湯湯去故復迎新。豈無上策酬當宁，自有榮光應聖人。雞犬雲中思桂樹，苾芬祠畔薦溪蘋。好紓永永東南顧，親示機宜騐岳詢。

恭和御製題釣魚臺元韻

未許王孫一世雄，攜竿曾此托時窮。天寒颯颯堆江雪，日暮蕭蕭捲荻風。何處水邊無漂母，即今溪外有漁翁。平生施報論知己，一飯千金是始終。

恭和御製示江蘇學政莊有恭元韻

學期致用兼文行，要識名高是實賓。在我四端皆可擴，讀書萬卷自通神。寸心有得堪傳世，一念無欺是盡倫。願以鴻篇光頖水，豈徒江國見風淳。

恭和御製過淮安城元韻

聖澤長濡澤國民，望雲門外騎初巡。英雄里近人知勇，順化軍移俗尚淳。卧閣每思清净好，式廬更憶孝廉真。隄平雉堞河流束，上策應煩睿慮頻。

恭和御製舟行元韻

水光三十六陂涵，白馬塘西石鱉南。百里舟行忘遠涉，六時聖賞有清探。佳辰便踐梅花約，盛躅留爲漁父談。金鏡機宜經指示，即今節相可能諳。

恭和御製維揚雨泛元韻

開明橋外柳如絲，鳳舫迎潮傍曉移。邗上風光春更好，竹西歌吹此偏宜。紅樓深處迷煙客，青箬歸來認釣師。問俗量晴還課雨，鴨爐香篆捲輕帷。

恭和御製塔灣行宫恭依皇祖詩韻

灣頭江甸拱清華，行殿恩多待草麻。時江右、江左諸紳士詣行宫陳謝。此日寶幢開佛國，移時法曲出天家。茱萸不是隋村樹，芍藥仍敷韓相花。聖祖文孫同一揆，要將儉德式浮奢。

恭和御製天寧寺小憩元韻

豹尾晴移十里餘，蕪城景物望中舒。偶停天上渥洼種，來訪開元舍衛居。静証光明千眼力，動孚愛戴萬民譽。蜀岡報道梅花放，兹日佳遊定不虛。

恭和御製渡江駐蹕金山元韻

省方巡典裕民寧，禹迹當年此重經。罼罕臨流好風日，江山如畫擁聲靈。東瞻海口雙峰碧，南指姑蘇一髮青。落日斷霞迴照處，龍吟潭底静中聽。

恭和御製初登金山得句元韻

屋裏芙蓉一朵青，迴環眺聽得全形。置身直在蓬萊上，到此方知造物靈。似要川流且少佇，故教艮止此焉停。知仁自與皇情洽，欲辨無言理亦冥。

江心螺髻看浮玉，水府琳宫著洞天。我后聰明皆見性，侍臣塵土亦登仙。『江山清空我塵土』，蘇軾句也。地維樞紐三千軸，真影盤陁一萬年。遐睇扶桑窮蒼茫，上聲此中疑自有成連。

[illegible]

恭和御製題金山寺石刻元韻

香樹齋詩集卷十七

恭和御製遊金山寺用蘇東坡韻兼效其體

江流曲折萬馬來，騰踔超軼東歸海。狂瀾將倒誰砥柱，中流竟有金山在。芙蓉巉削矗金陀，淩晨出没江無波。山靈奉職媚天子，千姿萬態何其多。蒼龍夾輔護桂楫，一朵紅雲映晴日。移時日落進燈船，蛟室倒影珊瑚赤。水官奔走爲動魄，始信陽都夜不黑。火城隔江琉璃明，群鶴高唳魚龍驚。江山清麗如舊識，仁智於此一寓物不然。縱使飛躡海上三神山，坐令仙石皆成頑。仙石見《水仙操》。流覽未終吟未已，恩波不盡如江水。

恭和御製試中泠泉元韻

世間尤物皆成天，泉之尤者强半孕結嶽與川。地靈噴乳海眼出，得名第一裴家山。唐家宰相更好事，輒以舌本留真傳。由來高僧得清浄，既占名山復占泉。點茶有經不須讀，獸炭自取松檜燃。玉皇一日下天闕，飄飄從官皆列仙。雲液三進，作歌喜起。笑彼鴻漸翁，陋彼玉川子。斯泉自邀宸賞後，從此聲價誰並比。山僧何物久占此，帝曰吾姑試之。不寧惟是，明當渡江，攜取竹爐，更試龍山第二水。

恭和御製登金山塔頂元韻

中流湧翠一峰尖，勝勢東南萬家兼。豈有驪珠浮水静，竟如畫鷁泊風恬。鈴流高韻三天下，磬發清煙兩岸添。獨踞長江疑卓筆，崚嶒留待睿思拈。

恭和御製江月元韻

月到江逾白，況乃月出初。千潭同一印，宸心如是乎。駕言來江上，風物望南徐。凭欄一相遲，金波與天浮。叶岷江萬里下，滔滔淩碧虚。淴焉冰輪湧，清光幻須臾。此時鼉更静，微波吹天吴。月姊既戲綵，江妃亦弄珠。兩美鬥清景，一氣通真如。回憶沼沚水，輝映可有諸。廣寒發高唱，仙凡迥異途。

恭和御製自金山放舟至焦山用東坡韻

江流赴海何眈眈，由金而焦渡已南。却從瓜步望京口，行十里者餘二三。朝來有旨速鼓楫，水聲唼似食葉蠶。吾皇攬勝便濟勝，侍臣引領徒懷慚。崖嶺遥睇欲落石，灘畔俛瞰無底潭。蝘蜓夾輔馮夷導，風日正正饒清酣。考古已辨瘞鶴迹，探幽更接山僧談。鄒枚執筆未應召，一葦危坐同僧龕。眼纈方驚萬礎奇，舌本猶覺中泠甘。江山於人有定分，辭也非廉取非貪。若以辭取課殿最，廉善上注臣所堪。北歸倘隨屬車後，獨往一訪仙人庵。

恭和御製遊焦山作歌元韻

昨日飽看屋裏山，今日來看山裏屋。山腳怪石皆百丈，或露其顛果其腹。海門雙峰如弟兄，江濤東赴飛天聲。青雀淩晨渡江水，從官指岸猶在彼。冲天一鶴戛然起，鷁首迴翔其戾止。臣時撇波乘舴艋，自笑蹩躠乃如是。勝地攜來復令辰，扈從寧辭趨走勤。款段豈堪附千里，亟呼榜人徒紜紜。臣與汪由敦各乘漁舟從後，榜人以舟小難前，乃先進京口以竢。平時述古訛魚亥，摩挱偏旁跟遺文。焦先仙蹟不得到，遥望崖谷開曾雲。雲開霧散，江氣氤氳。峴首北固，劃然界分。翛竹自受風梳櫛，危磯一任江吐吞。何必泰山日觀封云云，金焦從此永永垂聲聞。

恭和御製焦山古鼎歌和沈德潛韻

歊雲吐景金氣屯，如劍出匣刀出昆。此鼎鑄成自何氏，川珍嶽貢於乾坤。夏姒九鼎已沉泗，巋然靈光斯獨存。彌勒龕畔僧墻外，贔屭靜卧蚩尤蹲。夜深月黑鬼車叫，神光自奪百怪魂。苔蘚剥落土花繡，古篆猶露蝌蚪痕。苦尋點畫識五字，如金人銘古慎言。東陽侍郎老而癖，心注密義復手捫。上溯混茫測年代，如飲河水窮崑崙。東坡從政見石鼓，退之蹉跎守四門。謫仙少陵不可作，淋漓天筆書渾渾。珠璣燦爛照江水，碑版萬禩留祇園。古來嚴器有顯晦，如以晝夜分昭昏。楚芊藍縷未許問，奸相攫取以盜論。小臣才薄氣力弱，雲夢到口安能吞。鴻篇一讀一屈伏，奚啻三舍却且奔。德潛慚白臣慚玄，後先賡拜颺天閽。

恭和御製甘露寺和蘇東坡韻

江永兹竟渡，春寒況已闌。言尋北固寺，於以遂初歡。東坡攜二客，我皇扈千官。鏗然門春麗，倚馬或據鞍。上遡卓錫年，三國敞雕欄。當時炎漢熄，鹿走天地寬。吴主撫江介，英風奮瀰漫。孫劉初結好，義烈斬虹竿。翩翩羽扇客，坐石如眠豗。决策狠石上，借箸事攻鑽。曹兵一百萬，踉蹌走老瞞。時平甘露下，千仞得大觀。蕭公老卒耳，捨身坐蒲團。六州鑄一錯，獨揚苦海瀾。雙銘留銕鑊，斑駁若商盤。獅象探微筆，猙獰神尚完。贊皇規粉本，霞衣飄輕紈。忠敬爲造福，其意非欺謾。六箴上丹扆，直前毋蹣跚。即此足自懺，允諧鳳與鸞。維州志拓地，恩怨已平刊。獨存手植檜，參天何蒼寒。枝節多磥砢，正氣青雲干。排列寺門古，扈蹕如龍蟠。豁襟一登陟，高閣比瓦棺。蒜山波出没，懷古發嘉歎。髯蘇遺傑搆，山谷堪剗刓。詎如天縱能，硬句横空安。遥望黄鶴山，仙翼隨風摶。朗吟北軒上，韻協無險難。驪珠灑宸翰，一洗詩人酸。譜入八琅璈，千載拱叩彈。

恭和御製潤州道中作元韻

江水穿渠緑玉涵，恰從城北到城南。耆民坊陌瞻仙仗，梅蕚香中控曉驂。
何處蕭公北顧樓，郭門斜抱翠巒浮。貔貅半壁臨天塹，箇是南徐第一州。
縷縷吹煙萬井多，青旂披拂好春和。林間布穀催耕作，清畎泠風問若何。
青雀自飛緣岸舫，赤欄多映隔花橋。居民入市魚鰕賤，半趁朝潮半晚潮。
鶴林招隱南朝寺，名理猶關物外心。海嶽菴深餘想像，研山圖好一探尋。
形勝由來鐵甕雄，更看櫛比與墉崇。衢謳漫説江南樂，土鼓歙豳繫聖衷。

恭和御製過常州府城元韻

緑楊高岸乍停艫，入市觀民玉策紆。花草三春如下杜，雲山一帶近中吳。豐登已兆倉箱富，雅化還開婦子愚。修職勤咨二千石，清謡可有袴襦無。

恭和御製寄暢園元韻

宛轉橋通碧玉灣，園有宛轉橋。金輿遥度愛蕭閒。鳥聲求侣穿林囀，泉眼分波落澗潺。吴下園多千畝竹，洛陽圖入九龍山。秦氏子姓迎駕者，耆壽九人，得六百餘歲，聖製及之。壽民能説當年盛，奎畫猶懸翠靄間。

恭和御製惠山寺元韻

第二泉邊好髻螺，心花意蘂遠庶羅。琉璃地浄芳埃少，睍睆禽高翠樾多。舊會華嚴何荏苒，老僧白足尚婆娑。東風滿嶺傳瑶詠，歡喜人天受福那。

恭和御製惠山聽松菴用竹罏煎茶因和明人題者韻即書王紱畫卷中

西神山麓一泓泉，陽羡親嘗與汲煎。墨客勝情縑素裏，春風活火佛香前。菴中松籟兼疎密，溪上楊枝正起眠。黄箋紅泥僧製在，都籃茶具始應全。

渡江頻試水經泉，韻事拈來掃葉煎。妙相初臨薝蔔底，纖塵不到蛤蜊前。蛤蜊，前見黄庭堅詩。茶浮細乳薑休點，松轉虚濤鶴自眠。吟就即書真逸興，名山從此覺天全。

恭和御製汲惠泉烹竹罏歌元韻

九龍名山昔所聞，兩峰崒嵂龍角分。有菴枕松著老衲，幅巾高士曾招群。編箋爲罏供茶貝，後來好事隨芳塵。下方上圓水火濟，辦夆堅緻密有文。太常典籍各更製，馱載都下傳孤芬。記載顛末彙長卷，題詩往往皆宿陳。彝尊朱氏更嗜古，方之盉鬲及虞敦。叶洌泉汲取受升許，松枝小折炊作薪。不知人世有軒冕，肯令俗物來糾紛。篁墩西涯有同癖，集中散見皆稱云。時平巡幸博咨訪，闡幽攬勝握大權。叶焦山之鼎甘露石，掎摭長夢古意存。即今活水茶正熟，貢芽一試頭綱新。歌成竹韻戛寒玉，山僧奉之奕世珍。復展橫卷重拂拭，孟端許作烹茶人。

恭和御製雨中遊錫山元韻

東峰玉立展雲衣，翠蓋高乘濕靄飛。林擁鵁鶄煙冪䍥，草黏蝴蝶雨溪微。清聲箇箇筠敲徑，綠意方方麥潤畿。却凭欄干看返照，漁榔多向洞庭歸。

恭和御製駐蹕姑蘇元韻

碧城樓子見姑蘇，鳳艒徐臨治聖娛。山水清佳年穀順，街衢笑樂吏民趨。玉梅金柳輕寒暖，密雨疎煙乍有無。見説比來風俗美，春隨巾䌫倍欣愉。

恭和御製奉皇太后遊虎邱即景元韻

巑岏別作峰，雲氣淡逾濃。霽景初投寺，芳原正勸農。樓臺皆入畫，竹樹各爲容。要以娛慈眷，春長閏歲逢。

塘平鴨頭水，塔湧佛螺山。花店羅千品，書坊近一闤。繙經臺寂歷，養鶴澗潺潺。行殿臨高處，留看未擬還。

石布千人席，巒堆九仞青。梅應移鄧尉，泉自壓支硎。大士潮音静，寺有應夢觀音石像。高壇柏子馨。祈年還祝嘏，錫爾萬方寧。

恭和御製虎邱寺和東坡韻

兹邱雖不高，亦自有峰嶺。一凸湧平疇，臨溪近閶井。野靄霏濛濛，春陽照耿耿。雁堵矗雲霄，劍池絶蛙黽。虎氣疑隱林，金精自藏礦。生公講處石，蘚質化獰猛。東風吹綵斿，上界矚遥騁。商周凡幾年，恭子語合哽。闔廬城郭非，霸業只俄頃。寧知陸羽泉，汲飲尚甘冷。緣崖一訪古，吟興相與永。壇高聞妙香，天暖對韶景。具區渺無極，平碧浸雲影。月挂梅花樓，留觀奚用請。

恭和御製遊支硎元韻

道林棲遁處，松翠有餘色。渺矣爲深尋，即之契真得。諸峰半支隴，一峰乃其特。中虚日皛皛，外秀雲羃羃。始知奥曠兼，欲攬不可極。山靈迓蒼珮，石室寄遊息。泉聲匪栞筑，盈耳清歷歷。落英喻無言，苔蘚見春迹。

恭和御製寒山千尺雪元韻

寒泉出自支硎山，山以泉名寒在泉。泉來深林落平石，滙爲一浸收諸源。紆迴阻勢不得瀉，豁然脱轡如忘詮。挂流青壁春不已，濺作白雪無因緣。雪跳圓珠漱瑩玉，陡下曲澗爲寒淵。天台匡廬布水亞，上有題句鐫蒼巒。宧光住此久疏剔，雪邊尚種養鶴田。梅花香中睿篇灑，妙句如雪如花然。飛來翠羽啅晴雪，清響相答松雲間。

恭和御製華山元韻

運華在山山下下，不識當年種蓮者。平田石路松林通，澗畔疑嘶支遁馬。花方對佛叩云何，鳥亦窺檐參般若。登高自契至人心，遍界清韶眺吳野。蓮華亭亭開十丈，和以妙香雲際灑。露摇珠滴萬顆明，泉繞栞張幾條瀉。天空應有鶴歸乎，心定豈隨旛動也。爲憶田盤静寄莊，春栘秋柹殊清雅。華山脚在梅花國，此景須憑剡藤寫。

恭和御製聽雪閣元韻

四時無斷續，雪落翠巘底。皚皚冷心脾，簌簌清盈耳。静宇對雪開，顔之境逾美。松間積幾何，檐際吹不止。春風灑毓英，苔石一何綺。真當詎在他，憑虚自觀水。更寫玉梅枝，閣中香未已。

恭和御製駐蹕靈巖元韻

大好春光二月中，高巖花竹擁離宫。繡塍雨足民心樂，蘚磴雲開馬步通。湖浸濕銀天影碧，梅蒸寒玉夕陽紅。禹書欲訪靈威守，俯瞰包山更在東。

恭和御製鄧尉香雪海歌并命沈德潛和韻元韻

鳥聲暇豫方吾吾，中春猶若春之初。鄧尉梅花百億樹，號花爲海信不誣。香海栴檀日朗朗，雪海瓊玖煙舒舒。香耶雪耶同一海，花非花兮誰與模。朝陽夕陽山展拓，上崦下崦林盤紆。藏村出屋四無際，沙白蘚蒼中有途。玉鑾遥臨暢晴宇，蓬萊島曙群仙趨。亦有僧衣水田似，迎跽恰過齋鐘餘。是時繁花浩初放，坐覽衆壑佳可娱。熨斗柄南連太湖，七十二峰峰勢殊。湖光峰翟遠相撲，香雪滉瀁隨供需。潛也看花谿徑熟，與梅同里情非疎。曾遊黄山踏雪海，忍使香雪長清孤。帝鴻墨海蘸毫素，霏香灑雪傳三吴。霏香灑雪傳三吴，如搜巖穴光潛夫。

恭和御製宴準噶爾夷使元韻

禹績周巡隸職方，德威遠馭迪前光。番夷似鑒防風後，舞蹈仍安椎髻常。指點江山從典屬，鋪陳禮樂正當陽。宴成歸路迷花雨，香界空中見法王。

恭和御製再遊支硎元韻

雲物憑看轃萬靈，重來佳處一敲扃。雨初霽後山難畫，花正繁時輦又停。每趁芳辰縈舊緒，熟參至理發新硎。村客已覺羸前度，紫草連疇豆麥青。吴田於未插秧之前種荷花、紫草，取以爲肥壅。

恭和御製舟發姑蘇元韻

曉色展平江，牙檣正曳雙。纖纖林挂月，湛湛水明牕。官路連鄉路，吴邦又越邦。掠舷多鷺羽，雪點每雙雙。

恭和御製題楊補之梅花三疊圖元韻

清吟對梅憶瓊軒，一疊圖中洩春早。遠載瓷缸吴地來，密烘窨火唐花巧。剪裁直比嶺雲封，擕挈頻將簾月照。計日江南見萬殊，數株清供先春好。逃禪有梅梅更疎，玉又長挂瓊軒曉。冰姿映壁香乍濃，鐵幹横空氣何老。洋洋夜雪凍還開，獵獵北風吹不倒。却從江北憶山堂，二疊吟梅開不早。淮南花師用心力，勒住天工奪人巧。自是東皇候翠華，雪籠緩使斜陽照。林逋句裏半樹纔，蘇軾篇中一枝好。第五泉邊玉蕾新，揚州城北春陰曉。此情説與逃禪知，鹿角分梢不嫌老。遲開何似早開多，總遣百花意傾倒。蜀岡之後憶湖山，三疊東風恰遲早。梅花十萬鄧尉開，真意何曾入時巧。印心不叩補之禪，瑶管生春爲圖照。生意在手運化工，墨光便似春光好。一枝寒玉弁江南，百鳥窺檐覺春曉。何須健步遠移來，索笑應嘲杜陵老。衆香國裏妙香傳，彝齋仲圭亦絣倒。

恭和御製紫陽書院題句元韻

王制書賢能，成周籲宅俊。顧惟先教之，琢器貴其慎。政事培卓魯，將略豫廉藺。講習有同歸，領挈衣乃振。儒臣作山長，乞額祇明訓。詔以鹿洞規，型芳在祛吝。力學端初基，飭躬敦素分。譬彼稂莠鋤，毋使螟螣釁。遵道策半塗，掘井戒九仞。魚雅來鱣堂，迪德務精進。上應睢麟風，休兹光泰運。

恭和御製入浙江境元韻

秀州分域亦東吴，百里春塘引御艫。叱犢祝雞村總似，條桑播穀俗無殊。求寧先烈巡方及，賜復新年拜澤俱。處處人煙出桃李，知時好雨夜來敷。

恭和御製舟過嘉興元韻

枌鄉最説産嘉禾，樂府猶翻阿子歌。幼拜聖巡江國蒞，今隨天蹕郭門過。蠶孃採葉村頭雨，漁父撈鰕港口波。自荷睿篇吟土俗，里閭弦誦更應多。

恭和御製三月朔日車駕至杭州駐蹕之作元韻

春仲纔過又一蓂，錢塘喜荷翠華停。天臨蓬島三山近，民祝璇宫萬歲寧。甘雨和風舒晷漏，朱欄玉砌敞軒庭。韶華普洽慈歡豫，至德光承祖烈馨。焕以文章賚序式，敷之禮教海隅型。白蘇隄曉環湖遠，南北峰高插漢青。桃洞千年花正綺，芝房五色草皆靈。江潮候應哉生月，綵仗臨觀指赤亭。

恭和御製吴山大觀歌元韻

天目嶕嶢支隴多，萃靈曾傳蘇軾歌。『龍飛鳳舞，萃于臨安』，見《表忠觀記》。鳳皇飛入郡城裏，吴山之麓開雲窩。乘春玉輦造巔頂，大觀臺前形勝羅。會稽作鎮見東岸，括蒼台宕遥嵯峨。西湖右盼大圓鏡，高峰環擁雙青螺。笙歌燈火閲南宋，銷金鍋子誰譏訶。廣陵觀濤寓内冠，枚乘七發雄難加。叶春潮三折沓前後，拜舞龍伯翔江娥。是日東風煦晴霽，海天萬里恬蛟鼉。湖隄花竹豔相映，江塘草樹清相摩。宸遊川嶽富所覽，一一考證圖經訛。字鐫金薤青瑶磨，大觀今賦吴山歌。

恭和御製巡幸杭州恭依聖祖詩韻

文謨巡甸兆人安，丕纘重爲兩越觀。湖嶼花枝迎畫舫，江干柳色候鳴鑾。雲霞盡入篇章麗，魚鳥深知宇宙寬。臺榭依山即瑶島，長承王母萬年歡。

恭和御製出錢塘門由段橋至聖因即境近體二律元韻

城西不遠是湖塘，湖上春多信倍常。仗外横峰兼側嶺，橋邊杏豔與桃光。煙籠好鳥千聲脆，風綰遊絲百尺强。江雨忽飛三兩點，天然圖畫接蒼茫。

如鏡波光照好山，幾層樓閣在山間。珠簾向曉收微暖，鳳舸乘春覓暫閒。濕翠自濃晴翠澹，外湖纔遍裏湖還。天教好景歸鴻藻，白傅蘇髯況未删。

恭和御製聖因行宫即景元韻

聖蹟傳因啟鳳阿，春風重見六龍過。雨滋蕙徑含芳早，風轉�廊戛玉多。紅藥漫催芰尾宴，緑楊齊蘸鴨頭波。高枝自愛流鶯好，不在調笙與按歌。

遵海而南道不紆，省耕恰許駐西湖。歲方降福穰穰也，民莫能名蕩蕩乎。山水自居天下最，文章深與性靈俱。正逢慈聖無疆壽，愛日春長愜勝娱。

恭和御製和蘇東坡遊西湖三首韻

往時初服尋偏幽，一日不見如三秋。自從束髮走燕市，故園夢斷芙蓉洲。白頭重來忝扈從，湖光玉面春浮浮。杭人戴恩如父母，竟欲遮道十日留。不見迎鑾唱遏雲，月華生，花影暗，千枝燈上猶未休。

皇仁澤物起滯幽，一補一助兼春秋。恰逢櫻笋好風日，採芳擷秀淩滄洲。松菴竹塢翠旂轉，六條橋外輕煙浮。樂山樂水有本性，御墨灑處千年留。不見高僧瞻佛面，或衣紅，或衣紫，香花隊裏來贊休。

巡春深入澗谷幽，春光覺好寧論秋。靄靄雲衣冪朵殿，重重山翠圍芳洲。蝦鬚水簾垂花下，鹿頭湖船貼岸浮。君王攬勝看未足，斜暉遠樹相勾留。不見湖田麥初秀，五日風，十日雨，太平景物呈嘉休。

憩聖隱上人禪房云是舍弟界讀書處因題一首

鷲嶺踏奇石，山僧石上逢。通廚流暗水，看竹落晴峰。灩澦灘前夢，闍黎飯後鐘。明朝一西指，但見白雲封。

奉敕恭和表忠觀詩

巡典旌功德，恩光邁等倫。瞻言尋往躅，寵賁及先人。强弩風雲護，荒祠雨露新。湖山英魄在，同日荷鴻鈞。

扈從西湖寓先武肅祠内苧村張兄自嘉興來止宿夜話即次見遺原韻

巡典旌舊德，芳醪及先祠。孫支忝扈從，祖澤信在兹。水邊鄉語遞，竹外幽人遲。遂命啟左闥，相揖迎前墀。公餘得情話，邁之能勿怡。近牀燭跋見，當簷雨腳垂。感遇年已邁，觀文心未衰。飛沉有定適，沾滯徒欣悲。揮手指碧巘，抱景繩朱絲。行隨屬車去，留以慰相思。

附原韻　　張庚

扈從至鄉國，侍祭來祖祠。久違重余念，棹訪遂留兹。齋房肅以寂，爐香幽且遲。入夜風雨過，檐溜鳴崇墀。春酒照芳燈，相對情彌怡。證學嗟古密，論文希後垂。感子多盛意，其如年力衰。談深興自遐，歡極中復悲。良會本不易，況乃髩皆絲。髩絲既莫改，保德隆所思。

恭和御製湖心亭元韻

天影相涵駐碧空，霓旌摇曳古槎通。水中坻與水中沚，蓮葉西來蓮葉東。玉宇瓊樓元在月，方壺員嶠漫隨風。凭欄得句宸襟霽，洵有鳶魚趣不同。

恭和御製天竺寺元韻

九里松門擁碧林，林中薝蔔愜春尋。山圍三寺窈而曲，澗引百泉清且深。遊屐樂天凡幾輩，禪心圓澤又于今。得從香輦聆瑶詠，如向慈航振海音。

恭和御製飛來峰歌元韻

丹崖赤壁皆百丈，猙獰突兀不可象。内潤沫噴滴青翠，中空飈發自儻朗。上方僧磬深鎖雲，一峰飛來阻重障。叶蔽虧日月自蹇嵯，砉然巨靈遺一掌。古洞云穿百里深，宴坐可容十人廣。女媧煉石未曾還，得逃歷劫似非誑。叶據險欲下猿争飲，攀危忽轉鶴初成。或垂纓絡或結趺，苔紋剥落人天像。酌泉據石妙香聞，襟袖霏霏自流爽。勝地何妨一再來，清眄但覺符夙仰。宸遊㚟㚟上重霄，朱旂拂拂依雲壤。高松忽傳魚鼓音，幽澗遠遞琮琤響。翻笑山僧長住此，行纏尚作尋山想。

恭和御製韜光元韻

一庵結幽處，奥歷不可極。況有竹萬竿，娟静伺其隙。仄徑轉復隘，時見紺乳滴。鳴泉遠壑聞，古磴山僧迹。衆峰忽對面，往往似相識。抱寺鬱深林，束澗竦奇石。緩步上層閣，清閟生虚白。遐情時一遭，徙倚命布席。江迴海門寬，鶻起煙際直。慮淡寄高致，形外寫心得。萬山拜下堂，靉靆雲竇塞。香界遺聲聞，寂寞尋詩客。

恭和御製登六和塔作歌元韻

會稽秩祀已諏日，巡典勤敷不遑逸。鐵幢浦西雁堵高，星罕臨江一停蹕。智曇願力南宋聞，寫經嵌石探勝因。清浄之身廣長舌，溪山猶護兜羅雲。江潮屹鎮雄扃鎖，海宴方今濤貼妥。龍淵下瞰群龍趨，拜舞紛來月輪左。寺後即月輪峰。越山隔岸欄干前，歌成一指留詩禪。

今宵天人共歡喜，塔燈放燄蓮花然。

恭和御製雲棲元韻

徑轉蒼筠密，林穿玉澗澄。陰森四峰抱，窈曲一門登。古鉢惟留偈，精廬自課僧。風猶追白社，派亦嗣南能。選勝紆天蹕，憑高指慧燈。六時長轉佛，心净即超乘。

恭和御製錢塘觀潮歌元韻

廣陵曲江濤最奇，天風颯颯來挾之。春潮未如秋潮壯，臨觀曠發無窮思。斜陽反射群峰赭，萬派奔騰向東瀉。匹如桑經紀岷江，淩空如象還如馬。江妃一笑跳洪波，濤頭突起意未和。層巒砥柱束險隘，抝怒儵忽來無何。閱江樓高勢無敵，指麾能動江神魄。越山遥送吴山迎，重水揚波漫衝激。江形曲曲流折三，州人善泅工汩淹。帆檣盡下雲路闊，六和塔影瞻微尖。蒼龍呹氣濤初作，空中旌旆擁江若。遐情自與元氣會，目窮萬里事探索。一線引白須臾來，皚皚銀屋飛千堆。兩山眼亂鼇疊雪，七里耳震嚴灘雷。江塘觸浪嚮訇磕，建瓴直下勢汪濊。驚看但詫瀑布濺，緩受欲比甘霖沛。前潮帖妥後復掀，如受不納江河廉。鼉鯨萬古容震蕩，莫辨鱗甲之而髯。觀瀾有術豈無意，啜茗一聽濤聲沸。即今清宴河海平，射潮空憶當年事。穆然至治欽無爲，天筆飛動風雲隨。詩成指點會稽近，南紀再見人天師。

恭和御製净慈寺元韻

湖南近接堤，絲柳寺門低。未聽碧雲語，先看金字題。中峰依慧日，芳樹即菩提。井甃傳靈迹，堂陰闢舊蹊。晚鐘僧自定，斷塔代堪稽。攬勝留香輦，林暉在殿西。

恭和御製題敷文書院元韻

盛世群遊道德園，萬松森鬱嶺頭門。文峰直上真千尺，聖裔分來是一源。書院有孔氏分派居此。韶序恰承天蹕駐，嘉名長奉御題序。好敷浙水東西化，實行還同麗澤敦。宋浙東麗澤書院，吕成公講學處。

恭和御製西湖晴泛元韻

廉纖雨歇趁嘉辰，蕩漾風光分外新。帝與湖山長作主，春留花鳥若相賓。平橋雁齒分紅影，小艇瓜皮動碧鱗。比似琉璃開一幢，儘邀吟興遶煙瀕。

恭和御製題小有天園元韻

始信壺中別有天，芳園一曲近湖邊。玉梅倚石如高士，斑鹿穿林見古仙。深護翠屏宜貯月，細鋪瑶草亦耕煙。南山最好供留賞，睿想清瑩不落詮。

恭和御製雲林寺二十韻元韻

古寺隱重林，宸遊更數今。春隨行處好，山識此中深。曲折方周歷，幽奇豈外尋。岩扃憑縹馬，風磴得披襟。海日高先照，江潮遠乍臨。韜光通絶頂，靈鷲起孤岑。飛翠迎人面，流泉悦聖心。瓌姿頻對石，清籟肅聞琹。佛相巖邊鑿，猿聲嶺外吟。亭虚風習習，洞古晝陰陰。濕氣衣蒸雨，纖芒草露鍼。緣崖踏雲窟，遶磵越蹄涔。仰覺諸天寂，迴看萬木森。遊踪紛鶴鹿，仙餌掇苓參。苔色還侵屧，松枝欲罥簪。騷人傳唱詠，象教莫氛祲。結搆仍巍焕，規模自鬱嶔。璇題燦金碧，貝葉閟瑶琳。邈矣超塵界，泠然出梵音。法堂陳寶座，敬惕不忘箴。

恭和御製渡錢塘江元韻

百里江塘接海塘，茅峰東指荷巡方。天連漁浦浮青雀，帆帶春嵐映紫陽。奎壁人文懷趙宋，越吴形勝劃錢唐。神功此日齊神禹，璧馬隆儀祀有常。

恭和御製禹廟覽古元韻

作鎮稽山峻，編書夏德崇。龍蛇疑古壁，栝柏問元宫。獨上吟韓子，韓愈《岣嶁碑》詩云：『道人獨上偶見之。』南登紀史公。錫圭瞻莫並，乘載溯難窮。殿擁江雲碧，樓懸海月空。我皇勤府事，萬世有同功。

恭和御製蘭亭即事元韻

千岩萬壑入巡行，三月東風蕙草生。曲水已過亭上節，群賢猶記晉時名。擘窠聖蹟貞珉在，迎輦春光茂樹榮。定武流傳肥瘦本，書家真贗總難評。

恭和御製自紹興一日渡江至聖因寺行宫元韻

風滿牙檣水滿塘，江神一霎送龍航。乍從南岸辭羅刹，已向西泠祝梵王。蘭上里猶連黛色，蘇公堤更展湖光。紫雲行殿看西照，别有詩情到柏堂。

恭和御製登北高峰極頂元韻

峰高北更佳，意愜不能捨。已披風際襟，遂蹋雲中馬。諸峰青差排，一一出其下。海氣蜃樓噓，江流之字瀉。真令法界開，不使芳塵惹。始知幾務餘，益信攖寧寡。

恭和御製觀採茶作歌元韻

茶採嫩，不採老，火前還比雨前好。風篁嶺邊龍井種，茶樹千畦泉幾道。提筐上山復下山，摘芽用指弗用爪。香清色碧避日曬，土竈松薪就檐炒。杭人製茶如惜花，花愛鮮新豈嫌少。登山停輦遍觀覽，奚藉茶經桑苧討。不貴龍團與月團，製茶尚費工夫巧。山氓生業良在兹，時候關心芳法曉。

恭和御製湖月元韻

春湖静不瀉，夜月來相渟。溶溶皓千里，漾漾寒一泓。環光宿衆皺，倒影沉圓青。三更鏡照花，數點盆涵星。魚跳撥刺響，風蹙淪漪生。却顧玉妃唤，海山清曉横。温庭筠詩：『玉妃唤月歸海宫。』

香樹齋詩集卷十八

聖主南巡頌有序

臣陳群言：臣惟基丕福崇者，守斯兼創。運泰德新者，人乃應天。巍巍皇皇，於今懿鑠矣。它未殫舉，綜述巡典，恢昌乎堂構弓冶，自生民來，罕儷厥盛，竹素備稽，非臣臆説也。《虞書》首紀堯巡，未言舜巡肇聞，然罔貽家緒，帝禹百歲，涉江而南，爰有會稽，萬世賴矣。然傳子及孫，罔修祖則，商宅數遷，周京並建。疇履吴越以祀山，矧逮春秋而遞降。混一區夏，誕惟數姓。漢、唐之盛都關中，宋之盛都汴，元、明都燕，賢君之作，亦越六七，然時邁每闕，寧居而未遑。其克渡錢塘，涖南鎮，奠南北，縱横十萬里，天下若几席，由姒氏後無聞焉，斯實帝者之滲也。矧其光揚前烈，熙怡慈眷，以户闥一家，而登躋極軌者哉，
皇矣。

大清肇基，列祖彌綸制作，舄奕乎千億。聖祖仁皇帝恩覃春煦，惟天惟堯，臨照布濩，雲翔日熏。六十有一年肇舉四巡，六幸江南而五臨淛河。至于會稽，蓋越四千。祀帝禹之迹，復光格之勳。再用能軼軒包項，甄殷陶周，漢唐而下，方斯褊矣。世宗憲皇帝濡仁

育義，鑑朗海渟。卿雲甘露，珠璧景曜之符致。榮河嘉醴，禾麥連穎之瑞昭。九苞集羽於崇阿，三秀敷華於靈壤。顧猶謙抑，升中厥將。有俟聖傳，統惟聖人。伏惟皇帝陛下生安敏古，新德富業。欽若皇穹，丕承祖武。內霑外運，暢垓沂埏。乃修巡典，奉慈輦，寅望秩。祇豫養以祈年穀，行慶讓以惠元元。

惟兹《禹貢》揚州之域，翹首望光。萬姓早夜飲食，相告曰：『我聞皇帝如我聖祖，我小人依土以活，未嘗輕入城郭，其孰敢襁幼扶老，過都歷國，以仰見太平天子？冀野天高，夢寐雲日，逾紀而三矣。敬聞謁陵留都，賦陳王業之艱難矣。視邊考牧，至於多倫諸爾，至於木蘭，蓋我聖祖仁皇帝之所以綏柔蒙古四十九藩者也，爰謹北垣，豈惟是教田獵、習五戎哉。導輿乎恒代之區，薦福乎清涼之山。既多受祉，遂柴岱宗，祠孔林，夐不侈封禪。頒帑發粟，至於再，至於三，東人豐矣則樂之，蓋所過田租歲常輒免。比聆又將勒功中嶽矣，豈吴越邇在江介而遺我？且萬姓戴皇帝德，戴皇太后德也。恭際慈壽六旬，光儀臨焉。俾我民萬世壽昌，我天子躬秉儉約。簡輿衛官不供億，里無繁役，而日者格苗蜀徼，告功受脤，協氣翔，年穀遂，政刑平，庶事敘。且我吴越耆老，鞠子扶孫，固皆蒙賴仁皇帝娱慈顏，澍甘澤，仁以覆之者也，則今其時哉，今其時哉。於是岳牧之章，達民之虔，皇帝曰：『慎哉。其下廷臣議。』於是王公卿寮，僉爾以請，皇帝曰：『敬哉。其以十有六年南巡。』春正月二日，特詔蠲江南、浙江正供三百萬。殊恩普被，濃浹春露，萬姓奔走歡告。

屆日恭奉崇慶慈宣康惠敦和皇太后鑾輿，條風和，青駱驤，越邳宿，徑淮海，龍舸乘，慈歡洽。導洪澤之清流，紹仁皇之明德。陟崑岡，臨楊子，詩金焦之孤嶼，閱北府之雄兵。荼山陽羨，城郭蘭陵。溯泰伯之廟，覽長洲之苑。濟《夏書》之震澤，考魯史之檇李。高挹武林之山，清袚明聖之湖。觀乎廣陵之濤，乃至於會稽之鎮。法文謨乘載之頌，瞻蘭里璧窠之珉。浩浩乎，焕哉。

仁皇帝復禹之迹，陛下復祖之迹，以復禹之迹。聖祖聖孫，攬手接武，臣故曰：『自生民來，德未有若斯之隆者也。』是舉也，相度河壖，指示機宜，廣學官博士弟子額。凡厥縉紳通仕版、乞身林下及詿誤放歸者咸復官，予秩有差。所過境内名山大川、先賢名臣中，能爲民禦災捍患、風勵教化者，各遣官至祭，神人胥悦。雝雝和鸞，回指金陵。唏六代之何季，式前明之攸興。所至問民疾苦，耕蠶畜牧，家人婦子，慰勞焉，喁喁于于，然後吴越萬姓覩帝德若祖之仁。江鱗鱠以進鮮，竹萌劚以嘗甘。瑞莩萬妍以霽矚，珍禽千音以適聽。供山川，扶香輦，接富庶，娱愛日。周姜之徽，太姒嗣之，然後吴越萬姓覩光前之孝。墨海之瀾灑列翠，江山之秀噏豪素。與興爲媾，札不暇副。締構神明，而籠古群有，然後吴越萬姓再覩天矩之文。察二千石，訪延三老。水檝陸綏，批章乙夜。蓋雖細務必親焉，然後吴越萬姓再覩敕幾之聖。夫以德甚備，以福甚至，休哉。是宜攄鴻篇，播芳烈，俾萬禩炳耀無極。伏念臣浙産也，往自弱冠列子衿，隨父老瞻仰聖祖法駕於嘉禾城北，耳聳目嚮，心祇神怡。今臣犬馬齒六十有六矣，實厠屬車，親挹龍光，懽幸倍萬。雖愚陋不足以文，謹殫竭區區，作頌九章，雍容至治。臣陳群拜手稽首曰：

天錫后明聰，行天若龍。以巡我邦，叶以省我三農。問俗駿厖，綏外乂中。泰山暨嵩，曰惟予一家，叶九州其攸同，是孰不荷於帲幪。一章十句

遂矣吴越民，莫不曰歲哉豐穀，叶巡哉簡役。叶九州寧謐，金川歸德。叶吾人寤寐，叶願見天子。叶乃咨百職，叶小大祇答，叶曰其順民之欲。叶辛未正月，叶辛亥吉日，叶乃巡我南國。叶二章十四句

鸞旂舒舒，龍舟之渠。青兖淮徐，河伯兮安驅。懿惟祖澤，且江流濊濊。㴸河既達，金陵載屆，叶政如春發。惟聖克仁，惟仁我民，丕丕哉是巡。三章十二句

我民之饑時我，我民之寒時我。問南人之㽞，天子是荷。叶吏之循其察，吏之骫其察。南國之牽，天子攸劼。惟涖惟臨，以單皇心。皇心單矣，歌有聲叶矣，誕天文叶矣，于江之南叶矣。四章十四句

惟昔帝禹，儉勤承祜。實至南土，會稽嵘峨。叶維我仁皇，惠此南邦。叶陟彼海疆，巍巍洋洋。越四千祀長，惟仁皇之功，叶于帝禹有光。五章十一句

維我皇聖，繩祖之政，以莫不敬。仁皇之南，會稽化覃。我皇之南，會稽德參。以對我祖心，叶與帝禹而三。禹後不又，仁皇後惟茂。何越民之耇壽，見祖之仁，見祖之聖孫。六章十四句

商賈耆仕，來媚於天子。媚於天子，歌頌以紀之。寵以文綺，或授之几。復爵以齒之，進秩以等叶之。譽髦者士，廣學官弟子，既多受祉，曰天子狩。叶　七章十二句

福禄之茂，慈聖之壽。鳳凰峨峨，明聖緑波。有梅柳桃，有筍蓴茭。有梁有舟，叶有鼓有簫。八琅者璈，舞執其翿。甲子初周，叶樂是春韶。我民有喜，有豕有醴。祝萬年樂，只以暨我婦子。八章十六句

福禄之茂，天子之壽。德音南諧，如江如淮。東西朔垓，琛賫既來。我禮我樂，我文丕煜。我蠶我穀，我以民育鞠。我民既親，四海既均，我祖心既寧，叶我千億子孫。九章十四句

恭和御製閲杭州旗兵元韻

山擁春江廣甸晴，時巡閲武際休明。濤聲向午殷鼉鼓，陣勢盤雲壯虎兵。祖烈登壇昭步伐，神謨馭世握權衡。只今邊徼耕桑樂，七萃猶深舊將情。

恭和御製聞河南得雨志喜元韻

伊洛春流未較多，喜傳好雨及時和。可知梁土宜栽植，也似吳田長稻禾。節應社公連日灑，地迴淇澳昨年過。青旂正是臨江國，占課陰晴興若何。

恭和御製經嘉興問蠶事未興因而有作元韻

吴蠶數三郡，厥利比農者。多莫若吴興，青桑遍墻下。臨安界相似，嘉禾臣里也。清明過後忙，不蠶蓋已寡。林鳥唤緊山，緊山看火，吴中蠶時鳥聲。村神趣祭馬。馬頭孃，蠶神。婦姑簡梳櫛，曲箔弗手假。兹辰省耕莅，江鄉纔作社。未及頭眠時，猗猗緑盈野。長官清且閑，租帖戒糾惹。蠶月停徵。

恭和御製仿惠山聽松菴製竹爐成詩以詠之元韻

竹爐留茅菴，愛是僧所造。命工仿其製，於以寄幽調。擘筠織千絲，紋理緻且妙。從來藝事能，設矩不難傚。上圜亦下方，厥體曰惟肖。聖心别有契，近古則深好。竹問自安臼，泉畔復置銚。露寒納涼時，須此供一笑。

恭和御製迴鑾至蘇州駐蹕元韻

風隨星罕轉，舟自玉塘迴。茂苑花逾盛，青山雨乍開。極知春浩蕩，更與月徘徊。父老歡留輦，兹情普洽哉。

恭依御製和沈德潛山居雜詠十首元韻

宸遊眷耆宿，駐蹕問山居。風雨靈巖曲，松篁退隱廬。斜川帶林薄，遠景曖村墟。十畝桑田近，荒萊課剪鉏。

吴下詩名大，聲華聖主聞。銜恩歸故里，閉户闡微文。每結漁樵侶，閒隨湖海雲。石公山畔路，煙月欲平分。

春水長新緑，桃花香滿溪。傍檐呦鹿卧，選樹曉鶯啼。委折山相向，幽尋徑欲迷。不妨隨老衲，法喜自爲妻。

往往看山出，逍遥愜性真。江湖豈忘國，風月自成鄰。囊有新頒俸，家非舊食貧。奇懷全未減，杖屨撰芳辰。

白雲出巖谷，舒卷本無心。一謝承明直，常耽梁父吟。孤情真自得，塵事漫相侵。物外結遐想，北牕鳴素琴。

地僻衣冠懶，人閒物色宜。檢書教穉子，燒藥倩鄰醫。春雨滿塘後，夕陽半鳴時。長謡一曲好，拍手笑吴兒。

洞庭山在望，泛泛太湖船。野寺青楓雨，山橋碧柳煙。吴宫春草外，遺跡至今傳。應有躊躇意，微吟落照前。

娱老托耕傭，忘機海上翁。結茅分竹嶼，放梵近花宫。井里三春暮，溝塍一水通。憑高眺城郭，煙雨曉濛濛。

樵聲起遠谷，流響入幽聽。水石延真賞，蟲魚注古經。梧岡思鳳翽，煙嶠任鴻冥。十詠蕭疎意，全分巑岏靈。

老惟增馬齒，貧不累猪肝。懶與道心會，恩從禮法寬。式閭原敬老，謝組豈懷安。未要喬松客，相遺大返丹。

恭和御製聞京師得雨志喜元韻

人言好雨在知時，皇心更酌雨多少。江雲頃刻判陰晴，嶽色綿亘割昏曉。柔桑沃沃已如酥，飛章來自長安道。高甸方資二麥收，低田已洩隔年潦。喜聞好雨遍清畿，輦下歡聲達江表。情知父老望回鑾，餅餌香風吹處早。同是知時春澤多，北地知時雨更好。

恭和御製江寧駐蹕恭依皇祖詩韻

金陵遺俗動皇諏，虎踞江山恰豫遊。六代人文繩武振，百年民瘼憲天求。萬花都入春原覽，七校還因夏諺留。大孝承歡南雅在，江沱親見被懷柔。

恭和御製謁明太祖陵元韻

考卜當年宅此方，江城士女獻壺漿。山川鬱鬱蟠龍地，劍璽悠悠勝國王。八誥未遑營陝洛，五宗終遺判殷商。椒馨展義思前鑒，乾惕應深未雨防。

奉命祭卞忠貞公祠祀畢步至墓下觀顏平原所書碑恭紀

典午崇清談，流禍及家國。忠貞豎論閎，朝野爲動色。辭職讓蔡謨，付議廢王式。元規倉卒謀，無乃太迫逼。於邑示温生，情致何懇惻。内外既戒嚴，大桁督軍實。良馬豈所須，西陵危頃刻。忠孝全一門，哀此百夫特。我皇肅巡典，祀事亦孔飭。扈從來秣陵，道指冶城北。瞻拜秉笏人，凜凜餘正直。從祀有二子，緩容侍親側。遠裔三五輩，導我臨兆域。峨峨樹顏碑，片石垂楷則。精魄自相感，此理如羽翼。世傳兩公屍，拳手土不蝕。逸事未暇論，我兹好懿德。

恭和御製報恩寺六韻元韻

歷歷南朝寺，長干古梵鐘。壒光連聚寶，旛影護蟠龍。池月窺禪静，空花落彩濃。鑾輿隨喜始，祝嘏勝因重。頓識人天合，欣瞻小大從。嘉名增孝思，承茂頌如松。

恭和御製登報恩塔作歌元韻

浮圖壯東南，大江經其下。鷲峰鹿苑鎮峥嶸，虎氣龍精就休暇。寵從修架顔報恩，承平祝國象教真。火珠蕉葉隨凡果，舍利光度三生人。憑欄凝目送春流，江雲漠漠江風颼。一覽九點煙中州，顧笑而語贊與休。空門法界政如此，剗削萬古英雄愁。

恭和御製靈谷寺六韻元韻

覽古循鍾阜，青鴛落照中。嘉名靈谷舊，往事大江東。結搆非初地，蕭條向晚風。千花餘寶塏，累劫自珠宫。佛見毫光白，雲開日彩紅。皇心參妙諦，萬象證虚空。

恭和御製題太平箭元韻

龍驤上將渡江時，江國孤城力不支。試向白門看鐵箭，何如青海壯雄師。歌聲花陌喧村鼓，風影春流颺酒旗。舊跡摩挲詢故老，英光長附聖謨垂。

恭和御製閲兵元韻

翠輦逶迤江上春，霓旌駊騀六師陳。不忘櫛沐三朝德，未識鉦鞞百歲民。士馬騰拏軍令肅，風雲合變陣圖新。時清無事驅除力，莫遣懷安畏苦辛。

恭和御製登雞鳴山即事元韻

天雞一聲落層厓，散入風雲聞喈喈。下窺元武波澹淹，靈境可寄高人懷。我皇登躋受多福，山靈瀆鬼懷柔皆。名跡春深忝扈從，躡足一上丹梯階。

恭和御製寶華山慧居寺元韻

鬱鬱栴檀氣，童童華蓋雲。群峰蟠寶界，一墖現龍文。別院罘罳静，空山梵唄聞。雨花飛古樹，風籜解漬質。名理通禪悦，真詮釋糾紛。宸遊觀象外，生物共懷欣。

恭和御製長江夕照歌元韻

大江沉沉凝晚碧，浮玉峰高倒影入。天子來遊夕照開，九馬迴旋峰頂立。長流掀天天欲風，鳥尾射江魚尾紅。浮光瀲灎波文細，汀煙島樹紛難窮。江心雷動何爲者，神鼇抃舞金山下。陰陽恍惚秘端倪，蜃市須臾幻真假。沙浦招招唱舟子，餘霞若綺潛江底。虞淵暘谷浴曦輪，浩浩乾坤無終始。

三月廿九夜陪高東軒相公汪謹堂少師執事金山寺時上駐蹕金山遂止宿東軒直廬用東坡自金山放船至焦山韻

天家網羅目眈眈，來賓江北兼江南。莊滋圃、雙有亭兩學使，以諸生所進册子遴選呈覽，上召而試之。程才同上金山寺，所希拔十得二三，是時浴種好天氣，親標題目賦春蠶。蠶月條桑，是日賦題也。兩公位望重大匠，我無玉尺中獨慚。惟將肝膽照江水，要以清白盟深潭。公餘飲我衡州酒，新詩索讀倚半酣。檻外衛士連趾卧，燈前詩人接膝談。中泠井華夜深吸，呼童温火烹雲龕。復出行幐供寒具，珍果盡屬天廚甘。扶輿清淑秘不與，即此一甜寧非貪。東坡至今八百載，欲繼幽致誰可堪。蜀僧已去菴尚在，願以此詩留此菴。

恭和御製洪澤湖元韻

翠華渡揚子，迢遞臨鉢池。山名。遥瞻洪澤湖，瀰漫粘天維。黄淮有交滙，賴此節宣之。是時當首夏，蒲稗含煙絲。微颸起東南，鼓盪波濤馳。須臾風水静，山影摇嵾嵯。鳧鷺群迴翔，散入琉璃堆。金隄有睿略，澤國關安危。綢繆防未雨，臨流發深思。

恭和御製觀打魚元韻

洪澤巨浸連濰川，春流活活隨鰤鰱。漁人倚棹笑且語，緑楊渚泊鴨頭船。船動榔鳴網罟集，溯流横截衝波急。銀鱗赤尾半泥沙，風雨鼋鼍窟宅失。鄉俗江南稻蟹早，艱食還資鮮食好。聖人造物者爲心，咨爾鮫師取寧少。嘉魚之詠臣矢之，爲憶賞花垂釣時。

恭和御製閱豆班集堤工元韻

我皇大智神禹齊，底定考績勞嘉師。翠華不惜歷沮洳，臨流咨度籌機宜。去年狂瀾驟噬嚙，屬薪負土靡稽遲。沙痕浪跡指新築，柳條漠漠籠煙堤。揚徐之交苦汙下，厥田大抵皆塗泥。況乃經時罹水患，里左豈免憂羸饑。皇恩如春澤普被，蠲輸百萬賑貸之。中澤鴻雁肅羽集，雖遭蕩析猶蕃滋。祇今登場小麥熟，轉眼即及秋成時，吾農樂矣無嗟嘻。

恭和御製過宿遷元韻

帝來省元元，大吏承風旨。袵席隨所登，溝壑拯之起。瞻彼宿遷城，國故鍾吾子。瘠土民生艱，辛苦難覶縷。叶昨歲遭横流，凋傷遂若此。吁嗟命重申，牧伯爲經理。物土使可懷，無令滋他徙。賑貸牽常期，知恤胡爲爾。親降撫字仁，寧煩冠蓋使。槁植沃天膏，灑然其甦矣。四月翠華迴，麥秀延遠邇。鷺鷺鴝雉鳴，猗猗女桑美。夾道聞歡呼，童叟顔色喜。帝顧左右曰，民情乃若是。救荒無奇策，所貴盡心耳。牧伯嗟來前，趨走並長跽。痌瘝在予抱，勉矣謀幹止。

恭和御製登陸元韻

重登沙岸繞堤行，芳草遥迎輦路晴。泰岱雲峰高入望，淮陽煙水遠含精。樵聲斷續微風動，村舍參差落照明。聖主流觀時攬轡，大田新雨問農耕。

恭和御製桃源耕者元韻

五日一雨十日風，畟畟良耜新就攻。土膏含渥煙融融，摐金大合山澤農。天子來觀小大從，霓旌摇蕩風光濃。一水迴折梁舟通，扶杖時與龐眉逢。仙源依稀武陵中，桃花已落山花紅。晴雲掩映峰巒重，躊躇四顧欣皇衷。力田孝弟古所崇，興事任力咨司空。野人于野瞻天公，後先羅拜拳足恭。吾皇萬壽歡呼同，小人未識治化隆。但願歲歲田穀豐。

恭和御製入山東境元韻

旋蹕臨東郡，平疇緑欲齊。風淳無佩犢，雨足見扶犁。再歷封山境，欣看宅土黎。海蒸平野潤，天羃大荒低。瑞靄連喬木，祥飈被隰荑。迎鑾來白叟，藜杖幾人攜。

恭和御製渡沂水元韻

水漲沙痕失，洲晴露氣微。卧波虹宛宛，清蹕駕騑騑。首夏青疇合，餘春白芷菲。昔賢曾浴德，宸翰記旋歸。

恭和御製賦得麥浪元韻

芳草如煙煙不如，汶陽晴浪麥光舒。忽驚暎水偏飛雉，失喜臨洲誤羨魚。幾縷絲飄輕燕外，廿番風度落花餘。青疇不斷明湖色，試聽田歌答老漁。

恭和御製過泰山作歌元韻

天孫宅東秉皇根，時巡往復典禮存。風回長養帝出震，望尊雄峻鼇負坤。按圖尋脉托始自長白，亦如黄河來自天上源發於崑崙。紆迴地軸走海底，蒼龍綿亘碧色浮晴旻。名山有八，中國得其五，獨冠太華太室首山之萊尊。中原古稱封禪七十二，吾皇攬古一遥跂，曰維天眷予，百神主予。維奉若天道，懼德有未逮。何用祝史刑牲，投璧妄相厠。方今華夷統壹王，會同文字，絶域可遣一吏置。吁嘻，堯湯咨儆胡不然，云云亭亭之説真虚傳。

恭和御製謁岱廟元韻

時巡八表頌咸登，岱廟重瞻告允升。九獻尊彝天子拜，半旗風雨土神憑。殿標鐵鳳雲霞古，樹老霜鱗歲月增。曾是金泥封禪地，三年宵旰思難勝。

恭和御製渡運河即事元韻

虹橋遥接九重天，渡口還鳴七寶鞭。輸挽總通江表賦，河渠應冠濟南泉。清流影入垂雲蓋，疊浪聲喧放溜船。北上風帆千里近，津門直與潞河連。

恭和御製迴鑾趙北口駐蹕元韻

長堤錦帶修，別苑駐龍斿。柳蔭濃如滴，溪平澹不流。烟雲新令節，天水縱遐眸。聖駕緣時對，名區每暫留。豫遊光禹甸，風物滿皇州。彷彿江城景，沙灘泊釣舟。

恭和御製恭奉皇太后南巡迴鑾之作元韻

華蓋雲容承九五，蓬萊鶴算報三千。蘭陔錫類嘉祥備，芑水貽謀愷樂宣。魚藻即今歌鎬飲，鳳簫從古韻虞絃。葵心争敢媲皐益，贊贊微誠尚勉旃。

恭和御製午日奉皇太后圓明園觀競渡元韻

鑾輅迴當夏午時，縷成長命奉徽慈。即今上苑天中賞，憶昨西湖修禊嬉。簫鼓流聲移節物，魚龍飛影駐和羲。太平風景家家是，艾葉叢邊躪柳眉。

恭和御製靈巘積翠元韻

扈從靈巘好風日，歸來記十不得一。但記宸遊紫邏深，百千螺髻隨波出。銀牀素綆在何處，縹緲雲煙遮屹嵂。留此湖山面目真，肯教絶景輕遺失。

次黄崑圃先生庚午十月六日集新孝廉舉同年會用王文恭癸卯公宴詩韻

乞憲行開八秩筵，迴看甲子説同年。武夷君在山頭坐，笑指花前幾輩仙。

五雲曙色叫歸昌，聖節欣傳鷲嶺香。是年八月十三日，恭遇皇上四十萬壽。天上星辰歌復旦，人間科第紀重光。

同榜定知稀舊侶，後塵恰喜覓芳儔。晚香亭外笙歌沸，幾簇銀袍下紫騮。

往事低回到酒邊，紅裠争看是明年。莫嫌絲髩蕭騷甚，更與諸君結勝緣。

家依尺五城南近，客到耆英會上新。京兆名流須認取，香山居士太平人。

秋日病起李廉衣編修戈芥舟庶常汪康古孝廉家坤一鴻博集香樹齋小飲汝誠汝恭侍坐分韻得咍字

初涼忽病瘧，歐泄何汎濫。旬日始遣去，休沐假許暫。稍親卷軸紛，仍雜官文勘。早晴風日佳，露裛秋花擔。華滋自敷榮，英氣猶內歛。於此豁雙眸，愜慮信云澹。諸子先後至，才術各清贍。考核窮源流，獻規尚鍼砭。荒廚出時蔬，鄉酒味何釅。紫蟹吾所嗜，持一又思兼。二子作而請，曰未可深啖。小會非賓筵，義亦取史監。緊余垂耳順，十載秋官忝。直道奉明主，不黜何由三。執德苟非貞，養生終抱憾。努力守斯致，毋廢心版槧。

附和詩

汪由敦

七月下旬，恩賜鮮鹿肉至。自行在，香樹司寇前輩適示食蟹咍字韻詩，即用元韻紀恩，兼呈司寇。

當年扈清蹕，豹尾竿容濫。今秋行大獮，輟直留臺塹。侵晨急遞馳，經昔郵符勘。頒鮮自尚方，胥徒勞負擔。翠華臨並塞，所過屡豐歛。呼圍風颯颯，振旆雲澹澹。旌門晚數獲，佗藉舉充贍。壯夫爭賈勇，惰怯藉攻砭。割來箭血殷，炰炙薌味釅。安居得沾飫，坐幸熊魚兼。珍重熟薦餘，舉家快分咍。何來意外喜，妙語傳謝監。君方戒老饕，走益恧踰忝。食時觀以五，遇寵思當三。敢恣朵頤樂，或抱噬腊憾。慈惠與良規，一一矢銘鏨。

秋杪遇遊萬柳堂感舊

不踏城東路，而今三十秋。同遊詞客盡，小立片雲留。衰柳猶青眼，寒蘆感白頭。由來豪飲地，即此已榛邱。

秋村晚眺

田家秋老趁謀生，枷落春餘愜晚晴。翠襲清裾分嶺秀，沙明古渡送溪聲。近畦疎蔓猶依架，壓圃荒蔬不記名。大獮歸來傳七萃，新翻鼓吹譜華平。

味經少司寇屬題碧山吟社圖圖爲沈石田作。

十人同結耆英會，六百八十又三年。得壽有方非大藥，酌泉無事是真仙。人當修竹蒼松外，興寄粱谿惠麓邊。計借碧山容我老，何須陽羡更求田。

後序

少司寇香樹先生彙辛未以前所作詩，屬門人宋弼排纂而授之梓。凡千五百首有奇，爲卷十八。工既竣，命序於後，弼逡巡而未敢爲也。念弱冠學爲詩，足不出里閈，見不過方隅，譬之於水，如沼沚然，咫尺之觀耳。先生家世稱詩，武肅、文穆、忠懿之裔，文采風流，照映宋代。爰及明，臨江太守有《東畬集》，太常海石公以直諫顯嘉靖間，有《承啟堂稿》。國初，先生大父鶴菴公世父半完居士皆以詩紹家學。先生承厥緒而擴之，早歲遊京師，與一時老蒼輩頡頏下上，洎登館閣、直内廷，受兩朝知遇，賡揚明盛，數蒙賞激。同朝鉅公、海内名彦，識與不識，讀先生詩者，翕然推重焉。竊嘗論有風雅來反古謂復，不滯謂變，二者相乘而變恒多。於復者，諸極於微，不必循轍以趨而自合也。先生之詩，妙於體勢，故氣象宏遠，深於作用。故意致瓌奇，以凡聲對。義類旁通，曲暢無所窒礙，要其立言，每有裨益，不爲徒作。蓋神明於漢、魏、唐、宋，沿波討源，深入閫奥，復古而不滯於古之迹者歟。蒙莊有言，秋水時至，百川灌河，河伯乘流而至於海，望洋向若，而後知海之大，與水之難窮。先生嘗語弼學者必博涉廣覽，盡得古作者之意，而後可以爲詩，可以論詩。顧閲歷數十年，而迄未有以自信也。然則以弼之尠聞淺見，讀先生詩浩渺莫測，津涯不亦宜哉。百年以來，作者衆矣，以弼所覩近刻吴天章《蓮洋集》，及青州趙秋谷，其詩卷亦始萌芽欲出。然秋谷一蹶不振，天章窮於所遇，遺編零落，厘而後見。而先生遭際昌時，明堂清廟之音，蔚爲巨觀。雕集一出，使當代稱詩者，先覩之爲快，視吴、趙所得爲何如也。既以復於先生，退而書之。乾隆十六年九月望日，門人宋弼。

香樹齋詩續集

目録

香樹齋詩續集卷二

香樹齋詩續集卷三

香樹齋詩續集卷五

香樹齋詩續集卷六……（六六三）

香樹齋詩續集卷七

香樹齋詩續集卷九

香樹齋詩續集卷十

香樹齋詩續集卷十二 ……（七八三）

香樹齋詩續集卷十四……（八二七）

香樹齋詩續集卷十五 ………（八五一）

香樹齋詩續集卷十六

香樹齋詩續集卷十七……（八九七）

香樹齋詩續集卷二十一

香樹齋詩續集卷二十二……（九九七）

香樹齋詩續集卷二十四……（一〇三五）

香樹齋詩續集卷三十……………（一一五九）

香樹齋詩續集卷三十一……（一一八七）

香樹齋詩續集卷三十三……（一二三七）

香樹齋詩續集卷三十四……（二二六七）

香樹齋詩續集卷三十五……（一二九一）

香樹齋詩續集卷三十六……（一三二七）

序

乾隆辛未歲，少司寇錢先生鐫《香樹齋詩》十八卷進呈，上覽集中《夜紡授經圖》，題二斷句以賜。褒母德，嘉子孝，不止美詩格之高也。藝林重之，海宇傳之，共推標準圭臬矣。今將刊其壬申以後詩爲續集，凡四卷。潛伏而誦之，知前集中半屬應制賡和、持節四方、登臨懷古之作，而續集所編，多歸里燕居詩也。

先生於壬申秋，因疾請假，天子賦詩餞送。舟行山左，中心戀闕，用古人韻成詩以獻。九重嘉獎，亦仍元韻賜之，明良一德，古今罕遘。到家閑適，諸所詠吟，猶是林園養痾、寄興泉石，與夫友生會合、話桑麻、課晴雨之作，而隨所感觸，永懷君恩，時時流露於載賓舒文之表。蓋由忠愛、悱惻原於性生，有不啻飢食渴飲之不知其然而然者也。

潛憶始官中朝時，隨先生步趨，惟恐或失。天子時命賡韻矢音，承恩優渥，亦得厠先生後。今退歸六年，雖間亦賦物寫情，睠懷主德，時深玉堂天上之感。然才力薄弱，止如候蟲之鳴，非復清廟明堂之響，讀先生詩，有爽然自失者已。先生天才踔越，根柢深厚，醖釀古人而自開面目，序前集諸公備論之，不更陳也。且先生蹔假歸里，當宁虛席以待，他時孜孜日贊，出其餘力以闡揚功德，應有與二雅、三頌相表裏者。潛雖耄老，猶能操筆以序之。甲戌冬日，長洲館後學沈德潛謹題。

題詞

讀香樹齋續集高妙不可思議即集其句奉題八絶句

後學天台齊召南

玉皇案吏已華顛，普潤班聯逮里閭。認作當時蘇玉局，顏書杜句一身兼。

人品蕭疏澹若秋，珠光百琲定還流。撑腸文字三千卷，廊廟江湖豈異謀。

不學神仙只學詩，無心得句益多奇。詩情潤適澹于菊，履道坊中矍鑠時。

輕雲淰淰氣昌昌，水竹山居枕上方。閒愛著書多歲月，文思天子正當陽。

宦味經年亦淡如，楓林紅葉襲衣裾。翠屏亂疊輕雲裏，看遍千林總不如。

墨痕粉本總相宜，峭語清寒字字奇。廣大風騷真不忝，一時能誦百篇詩。

村田宜雨亦宜晴，眼界何妨萬象生。山水有緣皆本性，新詩早見八叉成。

應瑞身兼甫與申，一沾天語倍精神。柳塘詩卷東籬菊，邀我看花意更真。

香樹齋詩續集卷一

題傅玉笢師蓬山望闕圖

玉皇案吏已華顛，游戲人間作謫仙。旅夢有時通舊籍，扶桑東望水天連。
曾訪丹沙到瘴鄉，也因沽酒下餘杭。旁觀不識前身骨，只怪隨從白鳳凰。
吟髭一縷靨星紋，醉寫明霞八幅帬。認作當時蘇玉局，便將侍史唤朝雲。
蓬萊樓閣白家詩，履道坊中矍鑠時。廣大風騷真不忝，難尋好友似微之。
講堂環列魯諸生，絶調三年學竟成。我亦蓬萊山下客，但聞海水便移情。

聖母皇太后六旬萬壽頌有序

臣聞玄鳥啟殷，有郃誕稷。生天地主者，爲天地母。依古同符，如出一揆。欽惟聖母皇太后慶毓虹流，祥披月朗。資三靈之淳懿，備四教之淵微。齠齔而動遵禮範，弱笄而師表宫闈。瑞已兆于堯門，體自尊於氣母。我皇上秉大孝之聖，際大順之休。履帝位而盡子職，極揚顯而厚天經。慈寧尊奉以來，愉愉怡怡。温凊無間于冬夏，定省不隔於晨昏。

視膳潔滫，獻珍祝饌，至有曾閔布衣猶難之者，皇上以至性將之，不假脩飾，自格神明。巡幸所至，必躬侍瑀輿，行殿甫締，先飭大安，華衍清贍，如承歡璇宮也。

皇太后仁風廣扇，惠澤遠延。慈訓所詒，上必先意承志，息息相關，體和道順，萃慶安貞。茲者歲在重光協洽，仲冬廿有五日，爲聖母六袠萬壽之辰。孝治所漸，内而天潢懿戚，文武鵷行，虎賁綴衣，及百執事。外而六服侯牧，將帥耆碩，譽髦商旅，計道里遠近，齊力子來，獻圖負暄，相望於道。至是，雲集京師諸福之物，可致之祥，莫不畢至。皇上察其忱悃，鑒其愛慕，答以禮意，歡欣舞蹈，填衢接術。一時遊其宇者，如入雲來山中。《十洲記》云：『西北户出承淵山，有金墉城。淵精之闕，光碧之堂，王母之所居，真官仙子之所宗。』殆近是耶？

時則緹室飛灰，女紅添晷，寒沍斂威，春和盎然。萬壽之山，天然竦翠。昆明之湖，冰鏡湛澄。貝闕涌於岩端，飛樓翔於林表。九衢清塵，六合布朗。皇太后乃乘金根，交路紫闕，鑾和行舒，仗清儀肅，法駕躬自導焉。橋跨玉虹，峰列幔亭，戛洞陰瑟，彈入琅璈。迴鸞轉鳳之舞，應節以宣，音諧韻遞，皆人世所未有也。先是，詔閣臣恭擬，加上徽號曰崇慶慈宣康惠敦和裕壽皇太后。至是，上親上聖母膳於壽安宮五日。仙廚甘旨，潔治惟謹。届期受慶賀，頒詔天下，行慶布德，自闓闢以來，未有方斯盛者。蓋我皇上大孝至仁，能合億萬人之心爲一心，以介景福於聖母，又能體聖母惠及億萬人之心，以錫福於天下。《洪範》言：『嚮用五福，首及於壽。』《詩·既醉之什》，蘇軾謂：『是備五福。』其次章曰：『君子萬年，介爾昭明。』福之柄也。五章曰：『君子有孝子。孝子不匱，永錫爾類。』所以嚮用其福也。於今見之矣。

臣忝列侍從三十餘年，恭遇斯盛，不得以不文謝。敬效九如之歌，製頌九章，以介慈壽。鋪陳繁縟，不綴於篇。臣陳群頓首稽首，謹序。

其一

洪惟我清，聖聖相承。代有聖母，懿德嗣興。坤元積厚，母範式膺。以萃繁祉，日升有恒。

其二

純畀錫嘏，寔誕我皇。思齊比跡，任姒重光。慈雲布濩，流蔭萬方。洊申景命，誕受遐昌。

其三 叶

有懿慈闈，德含萬彙。祈無不應，操左而至。如春之和，如雨之施。詒我有穀，昭茲天祐。

其四

皇哉大孝，敬奉時巡。興京展慕，蕃部率賓。存見孤寡，惠廣澤均。聖母之德，聖母之仁。

其五

仁惟好生，載攄聖略。清明在朝，綏定非拓。遠苗歸仁，慈訓所格。至哉徽稱，華夷煜爚。

其六

曰欽曰儉，爲天下先。勤農問雨，幸繭浴川。練裙尺案，美豈專前。嘉樂鳴豫，保艾用宣。

其七

歲在協洽，綺甲初巡。慈輿南指，江國行春。悦以萬姓，柔此百神。載瞻河嶽，榮光上臻。

其八

時惟獻力，壽域廣開。衢歡巷舞，萬國子來。聖母顧之，樂與世皆。載歌曼壽，咸坐春臺。

其九

德音既沛，聖孝備矣。雨施物滋，錫爾類矣。爾類既錫，知風之自。光於上下，是曰孝治。

春帖子詞

含譽光奎璧，鉤鈐應壽星。一人隆孝治，萬國式天經。

春遲爲踐梅花約，春早還憑臘鼓催。鄧尉西溪千萬樹，香風吹入鳳城來。

鹿鳴宴向杏花天，丹桂飄當雁塔邊。一歲兩看龍虎榜，蓬萊會見引群仙。

題鶯粟

鉛膏細點翦輕紗，蝶舞蜂喧日未斜。又是麥春香菜熟，東風吹出米囊花。

孫懿齋尚書出董東山少宗伯於試院中所畫山水上有劉延清尚書介景菴少宗伯題識蓋四公同知貢舉時事也索題一首

南宫春晝長，典重清卿屬。魚鑰外喧豗，剡紙遺餘淑。脱手仿吴興，娟秀雙松緑。亭子匝春流，波紋净如縠。上有東武詩，高韻戛寒玉。群公望歐蘇，能事千載續。想當伸紙時，試院茶正熟。

恭和御製上元燈詞元韻

雪霽清霄漾碧空，頭番恰報試燈風。年年院本呈新樣，六合階平五穀豐。

舞隊齊陳百彙舒，幾叢翠竹映紅蕖。借他調象燃犀手，摶得師王玉不如。

珠光百琲定還流，似入蓬萊現蜃樓。宸藻傳觀輝令節，侍臣仍許進詞頭。

酒面迎風皺薄寒，天街誤馬夜初闌。定知叉手銀橋客，一字推敲句未安。

眼眶延矚必周巡，萬福光中賀聖人。番藏新來膜拜使，也隨擊壤作堯民。

譜成一幅太平圖，仙樂吹笙更沸竽。記得西湖寒食後，杭州燈事賽三吴。

富室争裁巧樣綾，蒲簾延月便爲燈。皇心息息關民隱，默坐深宫較否應。

踏歌曲曲是祈年，唱過鼇山韻倍妍。赤棒金吾猶弛禁，一人惕若早乾乾。

壬申正月十七日延清尚書宣示御製上元燈詞八首典麗雅則超邁三唐篇末憂勤愓厲道合豳風義存蟋蟀心悦誠服各見恭和詩中時同人呈本約投敝齋及晨彙送御園東山董宗伯家稼軒閣學及拙詩已裝入匣子于耐圃學士脱稿最先及閲同人詩有詞義稍同者復取易之遲久未至輒遣長鬚走促至於再至于三未應及詩成則漏下四鼓矣急取讀之焕若精華頓爲改觀鍾太傅有云羲之學書池水盡黑使人耽之若是未必後之也歐陽率更觀索靖碑至卧其下三日乃去康熙間新城王尚書奉使入粤適竹垞鈍翁亦客於此翁山元孝藥亭三人者方以詩筆雄長南服高會賦詩取南海廟前木棉花爲題藥亭詩早出及見漁洋竹垞諸人詩稱疾辭去凡一晝夜得第二稿見者驚歎以爲莫及翁山作詩贈之曰苦吟真一死得句即長生載藥亭詩集序中余亦仿前輩遺事成絶句以嘲耐圃且使後生末學知詩雖小道非殫力研思未能成就若是也

新詩早見八叉成，重洗鉛華韻轉清。底事苦吟稱太瘦，要從句裏覓長生。

老夫擁被挑燈讀，赤腳將頭觸柱時。聲價定知鸞掖重，瓊樓高處賞清詞。

奉敕題畫梅三絶句

僧舍移來影逼真，一沾天筆倍精神。侍臣還有鄒長倩，寫出江南二月春。

東風無力拗瓊枝，第一花傳第一詩。始信天然稱國色，墨痕粉本總相宜。

春信連朝報幾分，黛紋濇掃暈微醞。著花老樹偏多態，此是書中王右軍。

恭和御製題文徵明小照韻

供養烟雲羨舊儂，風華江左繼南宗。即今身後邀真賞，莫向生前歎未逢。師法沈周吴寬依白社，結交唐寅祝允明是青松。酒痕詩本留襟袖，庭際依稀有鶴踪。

題藻川太僕鋤經圖

爇薪照群籍，著讀餘不挂。貫弗比炙乾，忍耐如爬疥。擘理稂莠芟，存粹糠秕汰。業成王國儀，鳴鳳何翽翽。聖綱洵云恢，匪學曷以絓。二雛千里駒，角總髮如蠆。一卷各分程，大意了能解。月卿今文昌，編劖早沿派。吾老廢菑畬，當饌輒思嘬。有兒孩且癡，基薄懼易壞。君方廣傳經，教示行將丐。他時出踉蹡，提耳責兩拜。倘許朽棧乘，衰白期一快。

穀日奉攀松泉少師攜諸郎過敝齋小敘即和見貽元韻

道合交有神，願力自相赴。憶昔結比鄰，藝術披情素。笑余抱燕石，況敢擬南璐。燈火餘照分，圖史清芬御。遭逢際明時，良苗承雨露。恩暉襲簪裾，蓬萊最深處。踪跡分偶違，詩篇投輒互。墻角便取攜，門限越孩孺。春鶯喬早遷，弱羽枝仍故。一再詠角弓，封殖手所樹。郎宿蔚家聲，繼起白雲署。吾子守條冰，珥筆謹趨步。幼穉及童孫，就傅記方數。更喜次君才，能讀連蜷賦。課子各廿年，勤苦略相訴。編劖應有人，不蒇實所懼。而我慚老烏，拮据猶乳哺。豈期他日者，門望稱廚顧。時奉長者言，圭璧同珍護。今朝細生菜，一巵陳薄暮。話舊即徵懽，瑣屑問家務。居然一室中，兩姓三世聚。簾外雪正深，瑞氣欣符遇。流傳到同官，或者發清慕。

附原作

汪由敦

開歲眷嘉招，下直戒早赴。尤欣得良辰，新雪俄積素。三冬望頗殷，可寶甚瓊璐。入座無雜賓，各以三子御。前席命阿孫，頭角已先露。長筵列燕寢，是我舊居處。軒牕故依然，門徑稍迴互。憶昔作比鄰，諸郎甫童孺。俛仰三十年，翁媪喜如故。兒曹易長成，蔚若春園樹。優者鳳池英，劣亦翔粉署。君家渥洼産，汗血策高步。吾子殊庸庸，豚犢安比數。隨地各有分，賢愚信天賦。迴首締交初，艱辛日相訴。望賒今更過，默計良足懼。公老力尚勤，乳轂八九哺。閤後聽啼聲，白鬚笑而顧。殷勤貞晚節，前路善保護。遭時勉一效，非云惜遲暮。盡歡不辭醉，官程正休務。暢懷瑞霙渥，況應德星聚。鼎鼎百年中，此會能幾遇。紀之示來昆，孔李心所慕。

謹堂少師文筆推重當代去歲群編次拙集慨然賜序不知所報昨得予奉和一篇次日復疊前韻爲答兒子汝誠汝恭初學爲詩並各示一首詞旨深厚感激難宣仍步前韻以謝

爲山成一簣，是水必東赴。忠信裕先資，藻績皆後素。君才爲國琛，孚尹比瑶璐。天馬縱飛黃，終受王良御。匡時學既醇，驚世章不露。著作今大匠，斧鑿無尋處。締造渾天成，結搆況環互。物望擬燕許，姓氏識婦孺。我學房次律，破甕偶逢故。曾憶江東雲，却寄渭北樹。予奉差關中，又數年還里門，先生多有寄懷之什，今皆載拙集中。乞敘慰平生，弁冕鴻裁署。直以珊瑚鞭，來策駑馬步。賢聖方接踵，如公寔有數。執德氣善下，愛才性所賦。早絕繫援交，仍許顛連訴。時抱生民憂，更切中道懼。士苟思繼音，未惜勞乳哺。繩準倘舟違，曲誤時一顧。春風滋蕙蘭，沾溉施培護。淺薄我則慚，猛省忽遲暮。安能棄耰耡，而曰工農務。幸際堯舜君，衆正盈廷聚。春林求友聲，良時君子遇。況示一低徊，穆然有深慕。

附原韻

汪由敦

公才浩滄溟，含納百川赴。攬結愛景光，披豁見情素。冥搜得元珠，陸離綴連璐。廿卷編甫就，顧問促進御。悱惻動宸衷，精采炯騰露。走也驚望洋，亦略識佳處。時復不自量，挑戰韻重互。況兹愜心期，招攜逮童孺。向榮各懷新，追歡仍道故。卅載惜流光，十圍指庭樹。春坊與秋曹，往者再同署。池鳳喜重迹，磨驢笑失步。談笑縱忘形，飲啄良有數。積抱聊一傾，感會偶成賦。有如候虫吟，唧唧祇自訴。蟋蟀思其憂，冰淵多所懼。幸接鵷鸞儔，豈争雞鶩哺。惟虞仔肩重，遠道屢却顧。力孱終易仆，識短敢自護。趨走閱歲時，提擬謹晨暮。依依骨肉親，通力勸本務。林茂安並栖，藻密暖相聚。因之感明時，重此眷良遇。飲醇心既醉，尋詠志餘慕。

香樹前輩見招之次日公子立之編修赴中州典試賦此贈行仍用前韻

汪由敦

大陵菁莪育，滄海魚龍赴。知味辨淄澠，别白暸朱素。明堂徵楩柟，清廟薦琮璐。恩榜詔旁求，銜命戒徒御。白袍行鵠立，翹首待雨露。棘圍辛苦地，是子報國處。尊公屢持衡，江楚後先互。鑒拔皆宿儒，流風被童孺。中州今繼武，詞苑增典故。淚激黄河冰，雲開嵩少樹。想見燭花紅，森沉坐清署。雅裁式庭訓，先民循矩步。勿淆魚目珠，委曰此有數。寒攻螢案苦，春盎鹿鳴賦。點額潛自嫌，抱璞將誰訴。念彼毷氉人，寔凛鬼神懼。哀逾涸轍轉，急甚饑雛哺。苟非冀北空，奚重伯樂顧。征郵冒霜雪，行役慎將護。公餘式遄歸，定省承早暮。解裝叩行笈，詩卷亦先務。我當攜一尊，團圞快重聚。縷數論文樂，暢述知己遇。桃李有新陰，千載同所慕。

再疊前韻酬仲君雨時孝廉見和之作

汪由敦

大弨彀千鈞，百步遠能赴。貫蝨與穿楊，養之在平素。圓流藴夜光，長佩懸寶璐。善駕在車後，交衢識良御。喜子善叩擊，爲子一吐露。鳥爪快爬背，要自知癢處。與子舊通家，來往踪跡互。在昔相見初，摩頂自嬰孺。兩翁尚聯袂，顔鬢慨非故。却羨挺拔才，森森謝家樹。子少工綴文，淡墨名早署。行看雁序連，高躡登瀛步。我老閲人多，作手代有數。疇賞夜珠篇，疇擅淩雲賦。清高霜鶴唳，哀怨寒螿訴。逝波日以頽，岐路良滋懼。昔賢懲玩愒，當飡或忘哺。至寶見者珍，瓦缶過弗顧。所以老農心，嘉禾厚培護。不甘荑稗秋，憂切蓬蒿暮。春及力菑畬，三時勤作務。況子淵源長，師友一門聚。人豔名家駒，分有國士遇。遠大以爲期，望古應興慕。

壬申花朝日諸草廬編修約同人集嘉樹齋以白樂天庭槐詩樹木猶復爾況見舊親知爲韻是日與會者祝豫堂舍人王穀原舍人周松喦孝廉周東皋編修謝金圃舍人汪厚石孝廉姚蘆涇吉士家籜石鴻博九人予以啟事未赴分得樹字

春風少拘束，小會自成趣。何況杯斝間，相訂皆親故。分韻灑華牋，流睇咏嘉樹。徵懽心跡諧，考業往復互。官文苦遮眼，未踏城南路。羨此荀陳交，未應德星聚。庭柯發令質，長日重陰護。有舉還繼之，眷焉企良晤。

恭和御製仲春展謁東陵啟蹕之作元韻

清明榆柳禁烟傳，晨發晴攜七萃鞭。雨露橋山修典禮，風光畿甸趁暄妍。文謨永紹承平日，武烈難忘締造年。愾見僾聞思慕切，翠華東指日華邊。

恭和御製過通州浮橋即景雜咏元韻

上陵輦路赤城東，潞瀔春流三水通。水面蒼龍翹首企，黄雲一朵正當中。

橋外春光接水光，輕雲淰淰氣昌昌。纔過寒食三天後，已見遊絲百尺長。

滿貯天倉箇箇尖，出陳有詔待新添。直將萬里長流水，普潤班聯逮里閭。時奉旨豫支通倉數十萬斛，供百官兩歲禄米，京師米價頓平，蓋異數也。

睿情即事有依因，得句無心語更新。春水便縈秋水思，溯洄南國憶詩人。元韻南客謂沈德潛也。

恭和御製見新耕者元韻

春犁土翻潤，犁轉土没趾。二麥入眼新，百穀勞力始。唤雨坐鳩婦，銜泥來燕子。去年巡南邦，今年乃見此。年年侍從臣，得仰天顔喜。

恭和御製村田即事元韻

省識東風最有情，村田宜雨亦宜晴。轆轤高挂垂楊裏，土脉初融趁好耕。

疊石爲垣土蓋茨，農家何慮更何思。偶然一笑便奢望，也祝千斯與萬斯。

秫秸編成護韭苗，出田新壟望迢迢。長官豈止追呼緩，還有門牌免雜徭。

恭和御製題翠雲山舍二首元韻

星連九子闊，地結百盤幽。静與道相遇，吟惟澹可謀。鏡深重幔卷，泉落古琴流。坐挹諸峰勝，幾餘豁遠眸。

拾級天台足，猶餘太古風。鹿馴依複澗，虎避守三峻。松韻笙簧裏，花香烟靄中。攤書成獨坐，嵐翠落虚空。

恭和御製翠雲山房杏花盛開用鄧尉香雪海歌元韻

梅笑謂杏子非吾，托根南北各禀初。吾耶子耶可兩忘，莊生齊物良非誣。紅紅白白呈色相，春風應候裁翦舒。化工無心自點綴，如珠脱蚌金躍模。去年今日駐南國，梅花萬樹開徐紆。今年今日迴東蹕，杏花含笑迎山途。仙館挹翠枕澗壁，村農望杏歡相趨。幾枝斜倚落日外，千葩微暈小雨餘。目所適者爲佳耳，一晌天顧供春娱。天台之足莫鼇湖，紅雲香雪致豈殊。不先不後逢今日，怡情愜志均所需。不隨他樹邀俗賞，靚妝弱質依扶疎。一春端正守空谷，肯以豔冶損清孤。坐覺品目空三吴，臣於杏也題濳夫。

恭和御製駐蹕静寄山莊元韻

自昔仙人數往還，新規行殿啟重關。分明一幅無心畫，收拾千盤有骨山。吟罷滌襟成獨賞，政餘減從便幽攀。揭來展謁迴清蹕，興寄青松紅杏間。

連朝攬勝應教住，他日巡農會再來。林鳥也能隔花語，園門無不對山開。松聲落澗琮琤合，樵路穿雲屈曲迴。素壁古香清供外，墨光添寫幾枝梅。

恭和御製得概軒元韻

肯教窟宅讓神仙，得此方知勝概全。怪樹半從雲際見，遠嵐多入鏡中懸。嵌空石竇流清韻，澄霽琳宫發妙妍。批覽封章時捲幔，岩花迎暖見初然。

恭和御製少林寺元韻

暫駐花宫寫静懷，路從支徑得偏佳。雲衣幡影空中悟，鈴語迦音静裏諧。留詠自從停翠蓋，題名誰敢污丹崖。皇情祇爲能虚佇，悟得清暉處處皆。

恭和御製春曉元韻

林秀尚依岩，禽聲已喧谷。殘月挂微暉，晴牕延曉淑。泉脉流清音，花香散餘馥。櫪馬思飛騰，遊蜂自追逐。愛吟續新編，出沐試春服。依然問夜心，農功籌已熟。

恭和御製天成寺元韻

逶迤複嶂與重泉，萬壑松聲灑静便。山水有緣皆本性，虚空無礙是真禪。翠屏亂疊輕陰裹，素練高懸落照前。俛仰此中觀化始，心遊太古獨超然。

恭和御製古中盤放歌元韻

乘籥雲，盤之阻，芝蓋童童皇之所。清溝亂石不可煮，皇攬轡兮爲少佇。迴鸞舞鶴，翺翔歸昌。赤文緑檢，羲軒柏蒼。雲英粲粲潤且芳，檀波伊蒲瓔珞裝。何必空同遊，乃叩廣成道。不到中盤中，那識中盤好。石如插笏樹懸崕，鳥語花香皆絶倒。噫吁欷！登古盤，思無極，惟天聰明，惟聖則。方行天下百神職，呵護法駕奉驅役。用能丕冒千萬億，惟千萬億，含生負性，莫不咸若而各得。

扈從歸自北澗遵山徑行數里見有泉泓然深處有亭廣可尋計松泉少師邀同小憩即次其韻

前輿肩且息，馬撾腰間插。我行即緩步，山徑不須壓。白鷺導我前，泉勢如放牐。臨流試一鑒，弄水聊半呷。策策穿荇魚，拍拍衝波鴨。豈敢悦幽偏，於以避喧霅。所偕苟同心，何適有未洽。翻笑隱淪輩，招尋枉筆劄。亭檻坐忘疲，橋道行仍狹。對面諸芙蓉，可望不可狎。緑水似留賓，上馬猶回眨。作詩紀行籤，草草付箭筴。

賜遊盤山恭紀

扈蹕橋山歸，馬策向西指。行宫規田盤，攬勝集衆美。春山邀宸賞，花柳何旖旎。未明即求衣，幾務各待理。侵曉閲封章，批答馳萬里。少焉徹尚食，天房駕騄駬。名刹證重來，流覽標大旨。翠罕或穿雲，回轡未移晷。樂山見本性，得詩盈剡紙。傳宣盥手讀，賡和慚鄙俚。謂是當卧遊，刻劃想像裏。何期召對間，餘論及山水。曰盤當勝處，面目靈鷲似。爾生靈鷲鄉，爾曷不遊此。今者風日佳，暫假庶可以。出趨行幄中，用敢白相揆。同志五六人，聞者各歡喜。上馬取道西，瞥眼驚芳藟。誰栽仙人杏，千樹爛霞綺。紅者紅於桃，白者白於李。馬前有鳴泉，泉側石齒齒。俛首上石梯，磴折竦岌嶬。有寺名天成，紺宇岩半倚。其上小平處，石壁堅如壘。緣徑陟北岡，一步一殊軌。或如馴象蹲，或如圍棋纍。或突而欲墜，或張而如哆。藺若結其間，萬松護其址。登樓仰御題，海天同一視。松濤無根源，隨風自起止。布席在松下，茗飲就石几。嵌空安禪室，如甂亦如雉。欲上足知疲，中輟心仍企。笑與山僧言，願借住一紀。捆書一千卷，讀竟出還仕。題詩留石罅，萬松老居士。山僧爲我言，去道或倍蓰。盤中七十二，幽絶略可比。天留此枯寂，化人寔所委。山廚無一物，蔬菜遠城市。虎狼日磨牙，食人如蠓豕。日落即關門，厥患庶可弭。昨聞萬乘來，曳尾各他徙。秋官掌邦禁，官在道可履。守道而廢官，茫茫更何恃。遭逢堯舜君，行與夔契擬。豈學田疇輩，槁項飫糠秕。再拜謝山僧，我言寔戲耳。扶童行彳亍，低頭默自揣。須臾日將昃，一抹暮烟紫。雖有他勝處，不敢復請矣。我昔持使節，六渡灤河涘。屢經盤山下，相望尺與只。昔也對面失，今也把臂始。遇合有定分，飲啄惟所使。要於緣慳時，珍重慎一跬。援筆記同遊，各各詳姓氏。時同遊者師相阿公、宗伯介公、閣學鄒公、銀臺薄公、冏卿介公、編修張君、中書祝君，少師汪公適以事未與。其歲辰在申，其日爲上巳。

題盤山行宫門外雙杏五絶句

此日行宫倚作衙，常時矗服稱山家。居人云是百年物，老樹猶能著萬花。

也許山容近玉除，恰過寒食嫩晴初。端莊婀娜仙人服，看偏千林總不如。

肯教桃李占春風，雨綻霞蒸暈薄紅。樹下最宜天仗馬，鵝黄絲勒玉花驄。

一枝夭矯更蟠拏，得地天然擁白沙。開向中書省中客，故應題作紫薇花。東偏一枝開特盛，閣部行帳直廬即設其下。

分付東風莫漫催，好花未要盡情開。明朝别爾當歸去，散直斜陽立一回。

香樹齋詩續集卷二

集金圃舍人新居同人步至法源寺看海棠作

舍人移居百不顧，摒擋茗椀爲家務。已謀孺人出斗酒，更課赤腳製寒具。尋常下直便關門，門前略掃看花路。墻西古刹唐家碑，獨往摩挲八九步。上方海棠百年物，冷豔孤芳托幽素。未免多情亦吐花，似紅還白姿仍嫭。我昨力疾晨啟事，歸來長須却在寓。邀我看花意更真，曰今不往日月除。是時宿雨晚乍收，即呼款段銜泥去。到門詞客三五輩，欲行未行爲少住。蹣跚攜手訪殘花，花神應笑客何屢。四十年前曾醉此，碧雞定惠多成遇。而今花老怕經春，坐覺朱唇淡不語。往者同遊無一存，漢南淒絕將軍樹。舍人不管客方愁，手勸深杯索題句。

尹元長使相有和留松裔同年詩余亦賦二首

四望牛車足散憂，讓他杜斷與房謀。偶思話舊開三徑，恰報朝天駐外郵。露下晚荷香在水，夜涼清角月窺樓。當年人物頭廳盛，若箇如君得自由。松裔官院長，元長官詹事，余官學士，同館友善，今廿有餘年矣。

民怙猶未敢消憂，韓魏公《題藥園》詩：『吾心盡欲醫民病，贏得憂民病不消。』廊廟江湖豈異謀。難免多情惟舊雨，那能無夢寄輕郵。黑頭裴相頻移節，白髮山公獨凭樓。韋曲他時期後會，酒痕詩本問緣由。

題儲梅夫大鴻臚雲泉訪僧圖即次原韻

偶隨行腳訪青蘿，松徑穿雲坐石莎。話到忘言不歸去，撚髭一笑夕陽過。

玉聲落磵挂泉珠，珠點華光似白榆。收拾閒尋留印證，山塘開士得知無。

君是西園畫裏人，清溪深處結依因。不須更聽圓通法，已許芝瓢作後身。

諸襄七編修以將離繡纓二詩索和

惜春未抵惜花心，那便當筵惜一金。滋潤曉糚多汲井，評量夜賞到橫參。西施舞後肢微顫，虢國風時酒亂斟。記得揚州看似錦，一重簾幕一重深。

誰將鏡面著纖枯，粉黛調勻澹澹鋪。細數一花同一蒂，須知明月是明珠。蜂當徧採疑無路，蝶誤曾來夢不蘇。點綴酴醿兩三朵，壁間重展趙昌圖。

和高東軒使相七十自勵詩

應瑞身兼甫與申，均調元氣見熙春。功資保障能平水，性抱冲和本近仁。此日河流歸砥柱，他年藩使仰天人。平生最要醫民病，治譜方多自壽民。

又和人日原韻

江國香霏南北枝，高情初動寫相思。偶逢人日便能賞，不是歲寒然後知。天地有心自來復，利名不著是希夷。金山扈從聯吟後，又和春來第一詩。

題鄭鏡渟舍人春江曉渡圖

晴江波暖碧鱗鱗，紅雨遊絲二月春。酒上衣襟風撲面，當年我亦問津人。

歐陽瑶崗侍御假歸衡山出耕養圖索題用東坡郭熙秋山平遠韻

我方移疾乞賜環，頤和遂養歸故山。昨拜御製五言古詩一首寵行，有『予告遂頤和』之句。歐君示我耕養圖，神飛色動青林間。同時去國君更遠，行矣莫愁歲將晚。湘江之北石廩南，家在深溪抱翠巘。臨行拂拭簡上霜，文思天子正當陽。朝無闕事三樂在，陳情披瀝辭明光。願君愛此好風日，有田可耕娛白髮。我如老犍不勝耕，郭外半頃聞已石。

題方問亭制府貯蘭圖

天挺生豪雋，諸艱試必先。寧親關路遠，照字夜薪燃。軍旅枚皋筆，菁華任昉箋。奇謀工應敵，碩畫善籌邊。上注膺初命，同朝得大賢。稍看騰驥足，共喜識鳶肩。養晦三千鈞，文章二百年。清畿行省重，浙水使星懸。康濟便宜事，公侯造化權。至今甌婺地，猶感再生天。保障移三輔，攀留選一錢。四方瞻節制，百物荷陶甄。聖澤周無外，臣勤托永宣。巡方行慶屢，車服受恩偏。帳殿趨承候，賡揚禮遇全。屏藩尊吉甫，鴻雁美周宣。書法元和腳，詩情大曆前。偶於爲政暇，聊寄寫生緣。德行堪爲佩，芝蘭愛早傳。張天錫云：『玩芝蘭，則愛德行之士。』壯懷存疊石，雅致咏溝泉。韓魏公鎮定武，製疊石溝泉詩八章。展卷親吾友，歸裝正放船。言懷兼話別，惟以矢戔戔。

題宋太守清署讀書圖

往余客金閶，曾館太守宅。讀書深柳處，與君共晨夕。麗東尊甫静溪太守從會稽罷歸，築深柳讀書堂，余曾館於堂中。回首四十年，居諸成一擲。老大忝同官，牛毛理繁賾。君復作郡去，官齋對皃繹。規模仿雪堂，公餘親六籍。爲政本經術，元氣扶本脉。吏局同星移，變换無暖席。君方佐郡符，我暫歸鄉陌。别君發新謡，展圖憶舊跡。由來邴曼容，毋過二千石。

奉詔回籍養疴陛辭日復荷聖慈召見奏畢乞賜詩寵行上鑒而許焉免冠三叩起即蒙宣示一首詞旨諄復體恤備至敬和元韻用誌感私

春風蘇百昌，弱草自能作。詔許養痾歸，申以還朝約。托根近蓬瀛，敬聽心早諾。濬足寡内營，簡浄無外鑠。天聲一嘘拂，原筮應勿藥。微生願少延，長見昇平樂。

題汪松泉少師尊壼查夫人春庭桂竹圖

女則傳彤史，夫人道可彰。教成資婉娩，德配屬圭璋。左女偏憐日，秦樓正治粧。姑嫜稱令婦，井里誦周行。宰府徵諶紀，庭闈委豆觴。豈惟温清適，要使壽年長。太史占初筮，家人理薄裝。僦居來對宇，履道本同坊。曾記山妻白，今來鄰並良。稍分東壁火，或乞學車糧。女長尊爲範，兒啼倚作孃。歷衣登顯要，壹志在匡襄。昔美居貧善，今欽處貴臧。戚疎治膳服，急難必扶將。行有秋霜潔，心同春日光。相夫爲帝佐，教子列星郎。翟茀紛連拜，牛衣志不忘。畫師傳懿質，揆相序含章。蘭玉階前茁，孫曾膝下芳。題詩表南國，庶使禮宗揚。

題秦復山孝廉秋山讀杜圖

楓林紅葉襲衣裾，坐覺秋山薦爽初。萬卷破時行萬里，爾方下筆更何如。
養痾有詔賦歸歟，一舸秋風返敝廬。我亦許身同稷契，而今頭白不知愚。

題李太常坐樹深談圖

幽人自忘機，相遇得清晤。不須布席談，便上交柯樹。坦懷或避塵，閑情或搜句。既無分外嬰，亦寡世間慕。爲問簪裾人，誰能領斯趣。

題載鶴圖

長鳴引吭音清勁，山人托此以爲命。不須赤腳與長須，相呼相伴堪使令。高旻空闊秋正深，秋江如練明於鏡。此時同泛寄孤遺，扁舟獨往始此榜。人生如此天地寬，縱有繁華那能更。

題蘆雁圖

畫柳見柳還帶烟，畫禽貼水忽戾天。天空烟散澹無際，寒蘆瑟瑟秋娟娟。孟端已老誰辨此，李侯仿之筆可傳。我欲柳塘坐垂釣，爲我添寫漁師船。

輓邵庶常亶承補録

銀燭燒殘古戰場，肯憎命達是文章。誰知衡鑒堂中賞，種得今朝淚數行。

記得過從午正餘，當堦紅藥暑風初。分明二豎工胠篋，早敚人間手握璵。

仙樂喧迎紫鳳車，樓頭作賦倩誰誇。由來天上多稱少，人世安能聚一家。

性情冲澹比中泠，胸次何曾著世名。仁壽從今疑信半，如君静者不長生。

宋百家詩存題詞并序

詩學莫盛於唐。自唐以後，宋、元、明代有名人，雲蒸霞蔚，各標旨趣者，千門萬户，不可紀極。顧唐詩傳世者，稱獨備焉，良由當時已有唐人自選唐詩不下十數種。逮本朝，聖祖仁皇帝《欽定全唐詩》出，尤爲詳備。正如十五國風首列二南，不遺曹、鄶，三唐總持，永爲圭臬。元詩則有秀野顧氏選本，明詩則有牧齋錢氏、竹垞朱氏選本。雖中多滲漏，猶得爲操觚家取裁。

御選宋詩，卷帙較全唐爲減，而姓氏多至千餘人。蓋四百年中，無美不收，洋洋大觀矣。里人曹庭棟取潘訒叔、吴孟舉未成之鈔本，補其闕略，列爲百家。如廬陵歐陽氏、眉山蘇氏、宛陵梅氏、半山王氏、山谷黄氏、具茨晁氏、紫陽朱氏、放翁陸氏輩，世稱名家，及有專集入諸家選本者，均不複載。余購而閲之，又復考其世次，凡諸家本傳及見於稗史者，間亦摭入。仿明張溥作漢魏百三名家題詞體例，得絶句一百首。

鐵面龘豪度曲才，慶湖湖畔老方回。最憐梅子黄時雨，零落秦淮舊酒杯。賀鑄《慶湖集》

月中兔影識先幾，著作誰能起白衣？惟有華山韓見素，不將巾幘傲柴扉。魏野《東觀集》

千金豪士不書名，一命參軍敝屣輕。剛介誰當回末俗，至今人説穆天平。穆脩《穆參軍集》

錦亭藥市苦吟身，一卷人間比片鱗。爵里思賢三十八，史才將略屬何人？宋祁《景文詩集》

自輯詩篇署伐檀，十年佐郡累猪肝。簿書筍束投閒去，從事從今不素餐。黄庶《伐檀集》

一自歐陽折柬來，集賢門下席多迴。撑腸文字三千卷，换得新橙五十枚。劉敞《公是集》

手發遺編重一時，無心得句益多奇。眉山兄弟文章伯，能頌先生借宅詩。陳洎《陳副使集》

元祐碑中第一人，多情蔡相認偏真。石工不肯鎸名字，争説安民是亂民。司馬光《傳家集》

平生頫首天人業，愛讀燕川渡口詩。九十耆英秋會上，香粳緑蟻膾紅絲。文彦博《文潞公集》

九日蓮花醉幾場，元豐詞客次公狂。容臺風月瞿曇面，璽節袈裟兩不妨。楊傑《無爲集》

鄱陽經義有根原，風裁真堪作狀元。語默不隨流俗轉，治平十事是知言。彭汝礪《鄱陽集》

翻手作雲覆手雨，論交晚近態何窮。聞説元豐老居士，平生十友錦囊中。李昭玘《樂静居士集》

胸中瑩澈比琉璃，書記歸來學種畦。惟有平生風義在，草成遺表泛姑溪。李之儀《姑溪集》

銀漢昭回太白精，詩聲直與政聲清。醉吟菴裏秋時節，壁上琅玕舞月明。郭祥正《青山集》

清商寫怨太分明，其奈君侯未會情。一笑繙身與禪悦，至今襄漢有遺聲。饒節《倚松老人集》

一炷廬陵安在哉，賦成大禮獻蓬萊。後生倘要醫庸腐，抄取龍雲詩卷來。劉弇《龍雲集》

詩篇蘇陸爲年輩，理學游揚作後塵。一自中書重被命，相門清議屬斯人。吕本中《紫薇集》

千年遺籍出丹扉，評隲終歸吕紫薇。躍馬飛猿詩句在，令人猶憶謝玄暉。謝薖《竹友集》

宦味經年亦澹如，詩情冷豔比芙蕖。靈泉山下逢寒食，可笑微官也謫居。楊甲《棣華館小集》

軒名蠣殼小於龕，鴻玉龜駒詢美譚。庚信未歸王粲老，江湖落拓一龍潭。洪炎《西渡詩集》

紹興私議孰能攻，鯁直天生與檜逢。二十年中憂國淚，却於身後悟高宗。李彌遜《竹谿集》

兩宫倉卒竟蒙塵，間道馳歸御札真。航海無人曹沬老，開元殿裏説和親。曹勛《松隱集》

亂離到處便爲家，山色勾人是永嘉。砭俗有詩還自喜，略無一語及梅花。王琮《雅林小藁》

兵燹聊存一卷詩，雁門失節擁元師。傳聞州將迎降日，正是州官齁卧時。姚孝錫《醉軒集》

宰相門楣不可爲，濟源氣節是勇兒。惟將一死酬成命，下拜何曾屈斡離。傅察《傅忠肅集》

上舍聲華衆所推，晚年再起拜經師。何曾舉筆忘規諫，進講國風第一詩。張綱《華陽集》

烏臺風月愛清閑，解職還山鬢未頒。方寸一生尋樂地，得來語不自人間。劉一止《苕溪集》

一時太學仰風儀，孝子廬中産異芝。千載莊生譚劍後，栟櫚花下十章詩。鄧肅《栟櫚集》

擯斥歸來墊角巾，廬中結社一詩人。剡溪山色堪娱晚，何必桃源始避秦。王銍《雪溪集》

坐擁年豐海熱時，紅泉繼席衆中師。子孫缾盎何曾守，贏得月魚三卷詩。林亦之《網山月魚集》

六十平頭點大羅，歸來秩滿寄烟蘿。月明絃索秋江上，試按宣城白苧歌。周少隱《太倉稊米集》

人説長官真長者，富陽豪猾不知名。兒年脱口多奇句，曾向滹沱渡漢兵。程珌《洺水集》

不廢吟詩爲政日，泠然風骨謝癡肥。月明最愛垂虹句，只照漁溪一舸歸。俞桂《漁溪詩藁》

絶似盧仝被賊欺，長鬚求判拙言詞。牙緋縣宰通衢榜，那得風流韓退之。陳藻《樂軒集》

田園已作浮家計，經籍猶傳吏部文。遊倦千金不知老，何須竹帛更書勳。葛立方《歸愚集》

傳得龜山一盞燈，立朝風裁自稜稜。無功鄉里安居客，詩卷他年屬友朋。陳淵《默堂集》

伏闕陳言亦壯哉，斷腸飛燕似寒灰。無端歌哭空山裏，爲記當年往事來。柴望《秋堂遺藁》

大羅天上親裁定，先友平生種宿嫌。未免被他時相笑，顔書杜句一身兼。張孝祥《于湖集》

游揚張范足師資，誰唱劉郎芳草詩。秋士月明齊下淚，美人千里寄相思。劉翰《小山集》

十年吏隱卧烟蘿，自署鉛刀未可磨。剩有遺文三十卷，由來名士濟南多。周孚《蠹齋鉛刀編》

監佐驫官未療貧，士傳三策見精神。由來古拙遺時好，自喜平生有故人。張良臣《雪窗小藁》

江湖滿地求張儉，士論多君壁上題。晚歲功名薄如紙，議郎潦倒華州西。敖陶孫《臞翁集》

臨漳臺迴橫經日，真率人來入會時。一卷雞林詩話在，却如爬癢得清怡。危稹《巽齋小集》

西江派裏詩中俠，辛相堂前座上豪。可惜平生恢復計，官家瑱耳等鴻毛。劉過《龍洲道人集》

耽隱真同處士逋，梅花深裏著潛夫。青樓秋夜無多句，百鍊精金九曲珠。鄒登龍《梅屋吟藁》

遊倦歸來只掩關，登樓身到斗牛間。平生周伯稱知己，欲問遷除偶出山。劉仙倫《招山小集》

上書未副同朝議，至竟投閒到石城。一卷皇萼傳世業，偶從淳祐採詩評。鄧林《皇華曲》

和靖風流是我師，草堂猶牓少陵詩。江湖舊侶如相問，官職新題老住持。葉茵順《適堂吟藁》

結友平生劉與辛，將門忠義有扶輪。千秋燈火誰當續，我亦金陀坊裏人。岳珂《玉楮集》

野谷何曾是武人，古琴名帖自隨身。東坡墨寶子雲畫，筦榷歸囊也不貧。趙汝燧《野谷詩集》

昔遊如夢半蹉跎，新拜頭銜石不磨。雅樂何妨遭繳駁，清詞自倚小紅歌。姜夔《白石道人集》

作令龍尋道不孤，詩篇零落在江湖。不知瘴海桄榔路，唤得涪翁起也無。朱繼芳《静佳詩藁》

休市思歸春社後，帶沙飯進晚衙時。人間烟火何曾著，不學神仙只學詩。趙崇鉘《鷗渚微吟》

曾禱梅山事竟符，殿前官屬職偏麤。平生脱口多豪縱，氣節真堪厲懦夫。華岳《翠微南征録》

遊倦歸來剩錦囊，苦吟一字費平章。有時得意秋江上，賈佛前身是瓣香。張弋《秋江烟草》

求劍功名遲暮心，閑中歲月感沉吟。荒門采藥拚遺世，人在江湖集裏尋。葛起耕《檜庭吟藁》

推官篤行亦堪師，政事文章況並垂。邑子小胥多解釋，一時能誦百篇詩。吕聲之《沃州雁山吟》

句法冬郎孰後先，寫情段句更纏綿。自從蝕得相思字，脉望何曾許學仙。何應龍《橘潭詩藁》

黄巖餘事作詩人，即拜當年奉詔新。儉節一生惟自勵，葱根麥飯便留賓。杜範《杜清獻集》

相公橋外柳沉沉，彈事欄遮深復深。嘉定詩人方弛禁，江湖倚作定南鍼。陳起《芸居乙藁》

數椽遯跡寄烟蘿，野士襟懷托短歌。晚得浣花真面目，始知别裁是餘波。陳必復《山居存藁》

宧興吟懷付酒杯，方泉自署亦悠哉。何堪獨立郎當嶺，山鳥山花弔辯才。周文璞《方泉集》

伏闕上書終不報，歸來掃迹攬溪山。惟餘一點憂時念，要濟官家父子間。汪莘《方壺存稿》

峭語清寒字字奇，高僧骨格鶴丰姿。可憐情緒無聊甚，叉手孤吟弔蝶詩。張至龍《雪林删餘》

龜緒潮平江雨暮，庾樓月白楚船春。從來不肯下人處，只合狂歌泣鬼神。周弼《端平集》

著筆從來洗腯肥，晚年娱老辦田衣。幾曾足跡趨城府，更有何人識少微。沈説《庸齋小集》

詩與秋潭堪比潔，人如白璧本無瑕。烏州受學翁州序，伯厚居然子克家。黄大受《露香拾藁》

餘生已分老山阿，瑣屑功勳那足科。始信騎牛還未穩，暄風晴日本無多。姚鏞《雪篷詩藁》

故人作吏新安去，賓席魚甘久未移。每到溪橋穿竹徑，幾回俛首詠梅詩。陳鑒之《東齋小集》

名士長安尊酒同，蓬瀛有路未曾通。晚來縱守山林分，幽夢何妨踏輭紅。胡仲參《竹莊小藁》

避地梅川隱釣緡，長官閑雅愛留賓。如何文酒絲絃夕，多作流離奔走人。利登《骳藁》

由來不嫁惜娉婷，俛首平生戴石屏。斐亹風情深遠意，動人真可筆丹青。武衍《適安藏拙餘藁》

宧情野水孤舟裏，詩意市橋明月邊。暇日偶然搜故篋，庾臺書記致幽偏。施樞《芸隱詩藁》

閑愛著書多歲月，清卿風度亦佳哉。何須手版還丞相，始得紅泉正講來。林希逸《竹溪詩集》

林逋一鶴雲烟裏，葛老雙姝夢幻間。風骨泠然詩卷在，隱居無處問松關。葛天民《無懷小集》

寶慶詩人汴水多，江湖衍派此餘波。已抄深穩湖中曲，更數瓌妍天屋歌。趙希㯝《抱拙小藁》

晚從老杜得神鍼，簪組何曾廢苦吟。誰洗江湖綺膩習，吾於粲也獨傾心。嚴粲《華谷集》

異代詩人庾信宅，同宗高士薛能園。漉醇貼樹臨池外，餘事還看變八門。薛師石《瓜廬集》

寸鱗終入采詩家，韜晦誰能掩物華。讀罷山中吟七首，果然犀璧混泥沙。毛珝《吾竹小藁》

累舉難邀一第恩，晚年談易悟天根。一銖香與千機錦，稱許平生有後村。羅與之《雪坡小藁》

不知世上聲華事，自愛山中草木年。聞説永嘉春漲後，漁村風月尚依然。薛嵎《雲泉詩集》

一枝紅杏出墻句，婦稚都能脱口吟。似桂當風蘭著露，平生梅屋是知音。葉紹翁《靖逸小藁》

浮玉山人共酒杯，當時風月屬容臺。清詞百首名相列，猶見元和格調來。張藴《斗野支藁》

家居半郭半村裏，興寄詩瓢酒盞邊。魏野林逋雲散後，風流竹所有真傳。林尚仁《端隱吟藁》

廣平堂裏寄春思，海外閒情散遠襟。相對梅花無愧色，別來庾嶺十年心。張道洽《寔齋詠梅集》

蘇白餘波孰問津，梅花自領一溪春。四時宮怨標新調，壓倒長門作賦人。許棐《梅屋集》

紫霞天上叩金鋪，偉遠明期盡可呼。一笑翻身落塵世，高歌白眼歎烏烏。樂雷發《雪磯叢稿》

門第金華數五高，吾于仲也獨稱豪。少陵爐冶無停籥，四百年來首重搔。杜旃《癖齋小集》

宦轍中原有治名，能詩而外復知兵。犒師牛酒張清讌，明月笙歌浸百城。李曾伯《可齋詩藁》

率意忘言致不羈，一官落拓豈辭卑。莫鼇河外垂虹路，正是尋詩得月時。朱南杰《學吟》

鹿頭船子作浮家，酒債詩逋置齒牙。俸薄官閑聊自遣，瓦壺茅屋插梅花。徐集孫《竹所吟稿》

無絃琴與有聲畫，白嶽松蘿魏野居。一首宮詞一行墨，幾回吟罷賞瓊琚。楊公遠《野趣有聲畫》

軍中劫質自全身，晚節林泉號散人。翻笑當年許叔重，一生膽落爲黄巾。俞德鄰《佩韋齋集》

令僕座中推上客，吴淞江畔作閑人。晚年最愛陶彭澤，自養山中木石身。陳允平《西麓詩藁》

詩情潤適澹於菊，人品蕭疎清若秋。靡先生後無知己，淚落傷春不可收。吴惟信《菊潭詩集》

紅梨秘閣官書輟，擲筆歸來只閉門。一樹梅花一樓月，破氊獨擁得奇温。吴龍翰《古梅吟藁》

痛哭不知天地老，狂吟自遣古今愁。問津莫笑漁人誤，水盡桃源無盡頭。王鎡《月洞吟》

一門孝義傳三世，詩卷飄零亦自豪。避地歸來當日暮，錢塘江上賦胥濤。羅公升《滄洲集》

格調陳黄稱入室，曾攜雙屐住開元。柳塘詩卷東籬菊，要與淵明作子孫。僧道燦《柳塘外集》

水竹山居枕上方，詩無禪習得真香。古琴一曲無人識，白面猿來坐石床。僧斯植《采芝集》

題陳濂村侍御青齊旅跡圖

蓋公堂外書千卷，擇勝亭邊酒一尊。最是多情雙馬耳，晴時小立便當門。

抱疾出都潞河登舟用謝惠連秋懷韻

初覺煩慮清，便忘疢疾患。撫序秋正深，驚時歲將晏。俄看雷霆過，登舟後，雷雨大作。仰瞻雲霞爛。無心警晨雞，有意侶寒雁。涼飈輕襲裾，新月忽窺幔。啟塗信云首，言旋直如半。未問季主卜，豈邀隸首算。平生感瞿瞿，雖休毋敢慢。恐辜眷舊恩，忍怠垂成宦。覩往起遐思，知來自深玩。憂至時讀書，興發一遣翰。近牕罯網施，傍椙葭菼亂。戔戔念未申，耿耿坐待旦。抱迹義取韜，執德理終焕。誰無依戀情，豈興遲暮歎。生還倘可期，巵酒召親串。

重陽前一日泊舟楊柳青村名率諸子步至宋上舍齋頭小憩次誠兒韻并以示勖

舟行纔十日，且喜當浮家。排悶碁爲藥，安貧飯帶沙。柳村聽喚犢，蓼渚看撈鰕。整幘勞人問，支笻趁日斜。未須卯後酒，試點雨前茶。愛客供寒具，呼童撿畫叉。晚花初拂水，殘墨亂塗鴉。行樂隨心賞，薄遊感鬢華。思鄉終得到，去國已嫌賒。汝志珍初旭，予情托晚霞。一衣思必敝，半食要防奢。莫以隨南棹，而忘返北車。時誠兒奉旨隨歸。

舟過青縣用吳天章山人青縣題壁韻

山人出山曾此來，黃雞紫蠏顔一開。我今歸舟從此去，西風瑟瑟催裝絮。故園荒徑復何如，昨夜夢接山中書。我本無心學張翰，笑將華組換鱸魚。

喜聞從孫載南宫捷音即次誠兒韻

琢成楮葉廿年遲，著論韓公伸紙時。今年欽命題，即廿年前載中副車題也，與退之『不貳過』論題相類。朵殿争看和氏璧，瓊筵笑插菊花枝。雲邊獨鳥終先到，澗底寒松受晚知。華國文章從此大，二廳風月屬經師。

經學鴻詞舉核真，群公一日薦書頻。詩篇早識歸宗匠，姓氏曾將達聖人。門下同官修後進，兒子汝誠、蔣庶常檙皆受業門下，今先入翰林。月中通籍悟前身。病夫自分還家塾，舊學商量話苦辛。

南皮懷古

從軍且高會，才子奉清謦。筆劄亂離後，絲絃憂患餘。有情敦白馬，無術悟黄初。寥廓吾終蹈，行將問太虛。